夢みるかかとにご飯つぶ

清繭子

幻冬舎

夢みるかかとにご飯つぶ

目次

第二章　子どもを陽にあてただけの今日

第三章　恋はやけくそ

第四章 私たちはいつも同じところに立って

第五章　今日も世に出ませんでした

第六章　あの子のすごい私

装幀

鈴木千佳子

はじめに

夢みる頃をすぎまくっても

いつも、何者かになりたかった。

　ミュージシャンでも作家でも俳優でも、表舞台に立つ人の年齢をつい確認してしまう。自分と同い年だったり、だいぶ下だったりすると焦燥感に駆られ、年上だと猶予を与えられたようでホッとした。新聞やワイドショーでわざわざ名前の後にカッコ付きで年齢が書いてあるのは、そういうニーズがあるからだと思ってた。映画のエンドロールに連なる名前を見て、こんなにたくさんの人がいるんだから、その中の一人くらいなら潜り込めるんじゃないかと考えたりもした。

　大人になれば、こんな気持ちはなくなるんだろうと思ってた。だってべつに有名人になりたいわけじゃない。何かを成し遂げたいだけだ。誰かに選ばれたいだけだ。私には無限の可能性があって、きっともう少し年をとったら何か一つくらい実ることがあるだろう――。

　でも、違った。

私は会社員になった。未婚から既婚になって、それから親になった。親にはずっと、なりたかった。子どもを産んだとき、やわやわな、ほわほわな赤ん坊を抱きながら、この人生でやりたいことは済んだから、あとは余生だと本気で思った。

でも、違った。

授乳をしながら、寝かしつけをしながら、離乳食を作りながら、ママと呼ばれて「はぁい」といそいそ応えながら、私はまだ何者かになりたかった。

だいぶ大人になったのに、ヘンだな。

幸せなのに、ヘンだな。

本を読みたかった、映画を観たかった、静かな場所でひとりでじっくり考えたかった。そして見つけたものを書きたかった。それをみんなに読ませて「いいじゃん」と言ってもらいたかった。その見つけたものに自分の名前を付けたかった。そうする力が自分にはあるかもしれない、って思いたかった。

この先もずっと、私は自分に期待したかったんだ。

もうすぐ四十歳になるというとき、会社を辞めた。ライターになって、「小説家になりたい人が、なった人に聞いてみた。」という連載を始めた。小説家になりたい、でもなれてない、そういう自分を明かしたうえで、自分より先に文芸の新人賞を獲ってデビューした人に悔しがりながら話を聞く。そして合間に小説を書いては応募している。

今日も私は電動自転車の前と後ろに子どもを乗せながら、頭の中で帰宅後のスケジュールを組み立てる。ご飯作って食べさせてお風呂入れて薬塗って寝かしつけて、それから保育園に提出する書類をやっつけて生協を注文してあれしてこれして、そのあと小説を書くんだって考える。

子どもが「きょうは『おしりたんてい』のつづきをよんで」と言うのでそれもスケジュールに組み込む。長めの話を読み聞かせすると、すっかり温まった布団から出るのが辛くなる。でも、書くんだ、と自分に誓う。

小説って言ったって、誰に頼まれたわけでもない、才能もあるかどうかわからない、睡眠時間を削ってやったってお金ももらえない、このまま続けてもなんにもならない可能性の方が高い。でも私の毎日には。

私ひとりの夢をみる時間があるんだ。

「子どもを産んだ人はいい小説が書けない」

「子どもを産んだ人はいい小説が書けない」と言われたのだった。

あまりの衝撃で啞然《あぜん》としてしまった。ひとまず、公平にするためには発言の全容もあわせて伝えるべきだろう。

その人は「新人賞を獲るような小説は今は書けないのかもしれないね。別のやり方で小説を書くしかないのかもね」と付け加えた。理由は、「子どもという大事なものがすでにあるから、(小説と子どもという)二つのものを同時に極めるのは難しい」というようなことを言った。

「今じゃないのかもしれないね」気の毒そうに、少し愉快そうに、そう言った。

私には子どもがいて、そして、今、新人賞を獲るような小説を書けていないというのは事実だった。子どもがいることで、小説を書く時間が取れないのも事実だし、子どもがいることで人生に満足しており、自分は幸せだと思っており、欠落や葛藤が今はそんなにないというのも事実だった。

たとえば、子どもがいるけれど小説家になれない人生と、子どもがいないけれど小説家になれる人生、どちらを選ぶかと言われたら一瞬も迷うことなく前者を選ぶ。もう出会ってしまったのだから仕方ない。こんなに愛しく尊いものに。

自分の中の一番はもうあの子たちに定まっているから、小説家になりたいという気持ちも、小説しか私にはないというような切羽詰まった気持ちも、私はきっと、他の人より弱い。だからその人の言ったことは、私が自分でも思っていることでもあった。それでも、私は本当に驚いた。

――子どもを産んだ人はいい小説が書けない。

「いい小説」とはなんだろう。「新人賞を獲るような小説」とはなんだろう。もしそれが、本当にその人の言う通り、「子どもを産んだ人」や「小説より大切なものがある人」「自分の人生に満足している人」には書けないのだとしたら、「小説」というのはなんて小さな入れ物だろう。

ちがう。

私の知っている小説は、もっとおおらかで茶目っ気があって、圧倒的に自由だ。いつもこちらの想定を裏切って、この手をすり抜けて、今もほら、思わぬ方へ走り出していく。

私が今、いい小説を書けないのは子どもがいるからじゃなく、たんに私の技量の問題だ。誰しも頭の中にその人にしかない哲学を持っていて、子どもがいる人もいない人も、愛を知る人も飢えている人も、病気の人も健康な人も、みんな固有のそれを持っていて、その違いがひゅっと誰かを救ったりする。それを他の人が読めるかたちにするのが「小説」で、私にはそれをうまく小説にする技術がまだないというだけだ。それでも私には私だけの、哲学があり、物語があり、それは子どもを産んだことで損なわれるはずがない。

今日、私は子どもたちをインフルエンザの予防接種に連れていった。下の子は「ちゅうしゃやだ」と待合室で泣いて、それを上の子がぎゅっと抱きしめてなだめていた。そして上の子は自分が注射される番が来ると、すっと腕を出して針が刺されるその瞬間も顔色ひとつ変えなかった。さらに、自分が刺されるわけではないのに、また泣きそうになっている下の子に「ほーら、ぜんぜんいたくないし！」と言ったのだ。その虚勢がおかしくて、健気で。

寝かしつけのとき、いつもは下の子をとんとんするのだけれど、今日はねぎらいもあって上の子をとんとんしていた。

もう赤ちゃんではない、ぷにぷにもしていない体。

この子が生まれたばかりの頃、私はこの子が死ぬんじゃないかと心配で心配で不眠になって、不眠から軽度の産後うつになった。生後二か月でＲＳウイルスに感染し、入院したときは気が気でなかった。小さな腕に繋がれた点滴が痛ましくてならなかった。そんな子が、より小さい者のために、その腕を自ら差し出した。涙ひとつこぼさず、声ひとつあげず、なんでもない、と表情まで作って。

どうしてこんな善きひとが、私の人生にやってきてくれたのかわからない。しかも一人だけじゃなく、二人もきてくれたのだ。望外の幸せに打ち震える。神のようなものがやってくれたとしか思えない。

——かみさま

名前もわからぬその人に向かって私は祈る。

——かみさま、かみさま、どうか

このままこの善きひとたちと一緒にいさせてください

善きひとたちにとって、よいものであるように努めますから

だからどうか、一緒にいさせてください

そんなことを週二ペースで考えている。その他の雑事にまみれながら。

だから私はこの先、たぶん、きっと、いい小説を書くだろう。

私だけの、いい小説を書くだろう。

第一章

繭を脱ぐ日

清、会社辞めるってよ

二〇二二年春。新型コロナウイルスの感染者数が急増し、会社のイントラネットでは「出社をなるべく控えるように」というアナウンスが赤太文字で掲出されるなか、編集部のフロアで私はまばらな拍手を受けていた。

十七年勤めた会社を退職する。

二十二歳、新卒でとある出版社に入社した私は、気づいたら同じ会社で三十九歳になっていた。

その会社を、今日辞める。

人間関係とくに問題ないけど辞める。

むしろ上には可愛がられ、下には支えてもらい、同期には甘え、何もかもスムーズで快適だけど辞める。産休・育休・時短勤務とやっぱり正社員最高だけど辞める。仕事は雑誌・ムックの編集だから服装・髪型自由だし、フレックス制だし、長期休暇もとれるけど辞める。

最近、副業OKになったけど辞める。今辞めるとずっと憧れていた退職の挨拶とか送別会とか自粛になっちゃうけど辞める。送別会で山口百恵の「さよならの向う側」歌いたかったけど辞める。四十五歳まで待てば、退職金にチャレンジ資金追加されるらしいけど辞める。仕事、やりがいあるけど辞める。私ってこの仕事向いてるぅ〜って思うけど辞める。家のローン組んだばっかだけど辞める。相談すると「今じゃないでしょ」ってだいたい言われるけど辞める。コロナで先行き不安だけど辞める。何度も辞めるタイミングあったのに、結局辞めなかったけど今度こそ辞める。辞めるったら辞める。

出版社辞めて、フリーライターになる。そんで合間に小説書いて、応募して、文学賞獲って、

小説家になる。

怖っ!

でも、小説家になりたかった。そのためには、会社員じゃ無理だった。

私には子どもがいる。幼児の匠が二人いる。

匠Aの朝は早い。日の出より早い。夜泣きとも言う。一方匠Bはどんなに起こしても起きない。やっとこさリビングまで追い立てても、気づいたら床でまた寝ている。〈朝起きて、

保育園に行く〉たったそれだけに各々四十工程くらいある。しかも匠Aと匠Bではその流儀が異なる。匠は双方こだわりが強い。匠Aはお気に入りの靴下がないというだけで、玄関で大立ち回りを繰り広げ、匠Bは穴のあいた「すーぱーはやくはしれるくつ」を履くと言って聞かない。靴下は洗濯中だし、靴は捨ててしまった。電車の時間まであと三十四分。頭の中でドラマ「24」の「ピッピピッピピッピッ」というタイマー音がずっと聞こえてる。

お迎えから寝かしつけまではさらに多くの爆発ポイントがあり、やっと寝かしつけて寝落ちからも逃れ、運よくパソコンを開けたとしても、私が育児している間に飛び交っていた、ホッカホカの業務メールが受信箱いっぱいに届いている。コロナ禍でテレワークが導入され、寝かしつけ後の残業が可能になってしまった。

たちの悪いことには、私は匠たちも仕事も両方を愛している。喜んでほしいし安心してほしい。こだわりを叶えてやりたい（時々なら）。だから手を抜くことはできない。そのうち匠Aのかなり早めな朝が来て、会社からは新しい任務が下りてくる。育児→会社→育児→残業。それで、私の体力も知力も創造力も尽き果てて、今日もまた小説を書けずに一日が終わる。

書けないから、応募できない。応募してないから、受賞できない。だから小説家になれないのは、しょうがない——。

そうやってやっていくのが、やっていけるのが、急に嫌になった。尊敬していた人の人生が、突然止まってしまった日に。

選ばれた子、選ぶ

最初に会社を辞めようと思ったのは、十八年前。会社から内定が出たときだった。会社員になる、ということが受け入れがたく、「イヤなら辞めればいいし」と自分に言い聞かせていた。自分が世にいう、あの「サラリーマン」になってしまうことを認められなかった。

学生時代の夢は役者だった。

中学生のとき、演劇部に入って体育館の舞台で拍手喝采を浴びた経験が忘れられず、学生演劇で有名な大学に行った。そこで劇団に入った。

入団オーディションを受けたとき、座長は一発で私を気に入った。他の人に「今、俺が誰に興味を持ってるか、わかるよね?」と言って、その人を帰らせて、私だけ入団させてくれた。その前に見学に行った別の劇団から引き抜きの電話も来た。「あんな電話をしたのは後にも先にも清《きよし》だけだよ」としばらく経ってから言われた。

私は、選ばれた子だった。

でも、入ってみたらダメだった。

いつまでも下っ端で雑用係。主役に抜擢されることもなければ、俳優事務所に受かることもなかった。書類選考すら通らなかった。

当たり前だ。だって私は全く努力しなかった。

アルバイトで貯めたお金で舞台を観に行ったりしなかった。野田秀樹の舞台も大人計画も観ていない。私はバイトのお金で服を買ったり、旅行に行ったりした。人から見て恥ずかしい自分がイヤで、チケット手売りも、チラシ配りもイヤ。どうせ観に来るの知り合いだけだし、って思ってた。自分が見いだされないのは、演劇界がオワコンだからだと思った。事務所に書類選考で落ちるのは、ヴィジュアルのせいだと思ったけれど、歯の矯正すらしなかった。お金がかかるし痛そうだから。

何一つ、がむしゃらじゃなかった。

最後には「お前が喋ると芝居のリズムが乱れるんだよなあ、声がなあ」と、何度もやり直しさせられ、結局セリフはほとんどなくなった。私は舞台の隅っこで、カメラマンの役をやった。先輩が舞台中央で朗々とセリフを謡い上げるのを、段ボールで作られたカメラで撮る役だった。

あったはずのセリフが削られていくたびに、私は自分では聞くことのできない、他の人に聞こえている自分の声が怖くなった。ボイスレコーダーに録音して、自分の声を聞いてみる。

たしかに演出家が言うように、私の声はまだるっこしく、ぼわんと聞こえる。自分が思っている自分の声と全然違う。中学の体育館で、みんなの心をつかんだと思ったときも、全部私の勘違いだったのかもしれない。あのときも、このときも、そのときも、傍から見たら滑稽だったのかもしれない。だって、自分の声は自分で確かめることができないから。自分で自分を見ることはできないから。

私は自分が特別じゃないと知るのが恐ろしくて、演劇から逃げた。見限られる前に、見限ってやったんだ、と思いたかった。だからプロの舞台を観に行かなかった。打ちのめされることから逃げた。

周りが就活を始める頃、タイミングよく劇団が解散し、結局レールから外れるのが怖く、貧乏がなにより恐怖で、自分も就活を始めた。

なんとか一社、出版社に受かった。編集部門だ。役者にはなれなかったけれど、クリエイティブな仕事ではある。言い訳は立つ。郷里の友だちは「すごいやん～」と言ってくれた。

でも、自分には言い訳できない。

私、頑張らなかった。

縋《すが》るように小説教室に行った。中野サンプラザでやっている社会人向けの講座だった。講師は元文芸編集者ということだった。今はそのお名前も忘れてしまったけれど、短編を書いて提出したとき、そのおじいさん先生が、みんなの前でこう言ってくれた。

——私はこの作品に出会うためにこの講座を開いた気がします。

私が自分ひとりで書いたその小説に、スポットライトも音響も、飾るものは何もないその小説に、一人の人がそう言ってくれた。

勘違いじゃない。文字は声とは違う。私が「し」と書けば、それは他の人から見ても「し」だ。

書きたい物語があった、読みたい物語があった。それはまだ他の人が書いていなかった。似たようなものはあっても、そっちの方が高尚であっても、私にはどこか不足だった。

私は、世界で私だけが書ける物語を書く人にならなら、なれると思った。

泣かないやっくん

就活のとき、第一志望はNHKのディレクター職だった。昔からNHKの、良質でありながらエッジの利いた番組の大ファンだった。その思いは大学在学中に始まった「ピタゴラスイッチ」でピークに達し、私も作る側になりたいと強く思ったのだ。

そして、もう一つの志望動機が、子どもたちとの出会いだった。

その頃、私は学童保育指導員のバイトをしていた。母子家庭の子、たくさんきょうだいがいる子、障害や持病のある子、親に障害がある子、いろんな子どもがいた。どの子もみんな、面白くてかわいくて、そして大人では敵わないピカピカの心を持っていて、尊敬していた。

私と遊んでるときだけでなく、私の手や目が届かないところでもこの子たちが幸せでいるにはどうしたらいいんだろう——。遅ればせながら、そのとき初めて社会に目が向いた。そして、ただ面白くて見ていたNHKの「公共放送」というありがたみに気づくようになった。

たとえば、「こども手話ウイークリー」。聴覚に障害のある子どものために週刊ニュースを手話で伝えてくれる。公共放送だからこそ、成り立つ番組だった。

私は、NHKのディレクターになり、「教育テレビで子ども番組を作りたい」と思うようになった。熱意が伝わったのだろうか。選考は順調に進んだ。二次だったか三次だったかの面接で、私は学童保育でのある出来事を話した。


やっくんという、ちょっとやんちゃな男の子がいて、幼馴染のかっちゃんにいつもちょっかいを出していた。かっちゃんには軽度の障害があり、それもあってうまくやりとりできず、泣いてしまう。私はそれを見かけるたび、やっくんをたしなめていた。

ある日、またかっちゃんが泣いていた。横でやっくんが口を真一文字に結んで座っている。いつもならかっちゃんに「どうしたの?」と尋ねる。でも、その直前に、かっちゃんの振り回した手がやっくんに当たったのを見ていた。私は先にやっくんに「どうしたの? 今、かっちゃんの手が当たってたよね。痛くなかった?」と聞いた。

やっくんの結んだ唇が震え、ぱかっと開いたかと思うと、
わーん!

大きな声を上げて泣きだした。

この小さな子に、かっちゃんと同じ、かよわいこの子どもに、私はなんの差をつけていたのだろう。自分が恥ずかしかった。

それから少しずつやっくんは私に甘えてくれるようになった。

そのうち、就活で忙しくなり、バイトを辞めることになった。最終日、お別れ会を開いてもらい、みんなから「まゆちゃんのこと、わすれないよ」と言ってもらった。似顔絵付きのお手紙をくれた子もいた。かっちゃんは拗《す》ねて掃除道具入れの中に隠れた（落ち着きたいとき、彼はそこに入るのだ）。

やっくんはというと、「ばいばーい」と適当に手を振って、ちっともこっちに顔を向けずにやけにあっさりと帰っていった。まあ、そんなもんだよね、と寂しく思っていると、トトトッと戻ってきて、

「オレ、オマエのこと、わすれちゃうかもしれない。まだこどもだから。わすれたくないけど、わすれちゃうかもしれない」

そう言って、ぼたぼたと涙をこぼした。

私は、障害のある子もない子も、いじわるしちゃう子も優しすぎる子も、すべての子どもを取りこぼさない番組を作りたい――。

話し終えて、ドラマのディレクターをしているというその面接官のおじさんの顔を見たら、おじさんはやっくんと同じ目でぼたぼたと涙をこぼしていた。後日、選考通過の電話がかかってきて「一緒に働ける日を楽しみにしているからね」と言ってくれた。

そのとき私は、思ってしまった。

……受かった！

次は健康診断、そのあとが最終の役員面接だった。受かったと思っている私は、終始ハイテンションだった。子どもたちが私の作った番組を見て「これ作った人、おれの学童の先生だったんだ」って自慢する――そのヴィジョンが４Ｋで見えていた（当時４Ｋはなかったが）。

健康診断の順番を待つ間、未来の同期たちにぺちゃくちゃと話しかけ、ガハガハ笑い、なぜかチャーリーズ・エンジェルの決めポーズを一人三役で演じた記憶がある。完全に浮かれ倒していた。タイムマシーンがあればあのときに戻ってあの清を殴りたい。とうとうあまりのやかましさに係員に怒られた（今思うと、きっとあの係員はＮＨＫのお偉いさんだったにちがいない）。そしてダメ押しの役員面接――。

「あなた、教育テレビ志望って書いてあるけどね……」と話を振る役員。

「ハイッ！」これまでの教育テレビ愛、子ども愛を語るチャンスだと前のめりになる私。

「教育テレビはＮＨＫエデュケーショナルが制作してるんだけど」

へ？

「ここは別会社なんだけど」

え、えええぇ、え？

あのとき、うまく切り返せていたら（そしてあの係員がＮＨＫのお偉いさんでなければ）内定はもらえたかもしれない。でも、結果、落ちたのだった。落ちて失意のあまり携帯の電源を切って夜行列車で一人京都へ出奔《しゅっぽん》したのだった。結局、泣いてくれたあのドラマディレクターには再会できなかった。

それから約二十年、子どもが生まれ、教育テレビ改めＥテレにますますお世話になる日々だ。「アイラブみー」「デザインあ」「はなかっぱ」「森のレシオ」「ハロー！ちびっこモンスター」「マチスコープ」のことだったら、それぞれ一万字は書けると思う。でも同時に、いい番組に出会うと「この番組を作っていたかもしれない自分」を思って今でも胸をかきむしりたくなるほど悔しい。結局、やっくんのこともかっちゃんのことも、公共放送という大きな力で支えになることはできなかった。

だけど、こんなふうにも考える。

やっくんのこともかっちゃんのことも知った私が母になり、子を育てて、ママ友を作り、お互いの子育てにゆるやかに影響し合って、それとは全く関係なく息抜きに飲みに行ったりなんかして、そうやって、大人になったやっくんやかっちゃんの泳ぐこの社会を、少し生きやすくする。そんなことがあるかもしれない。私の書いたものが、いつか回りまわって、やっくんの「今日はいい日だった」に繋がる日もあるかもしれない。

「オレ、オマエのこと、わすれちゃうかもしれない。まだこどもだから。わすれたくないけど、わすれちゃうかもしれない」

そう言ったやっくんに、あのとき、私はこう答えた。

「やっくんは私を忘れてもいいんだよ。私がやっくんを覚えているから」

ここじゃないどこか、って
ずっと言ってる

入社して一年目、私は埴輪《はにわ》になり、そのあとトマトになった。

配属されたのは、ある雑誌編集部。夜中の二時頃まで働いて、タクシーで家に帰り、翌朝九時に撮影へ行く。ほぼそんな毎日だった。

なぜ、あんなに長時間働く必要があったのか、今思えば謎。あの頃は、校正のやりとりも郵便とファックスだったし、写真だってポジだったし、資料は足で探したし、何をするのにも手間がかかっていたから仕方ないけど、「残業すればするほどえらい」みたいな風潮があったのもたしか。先輩の原稿チェックをお腹を空かせながら待っているだけの時間もずいぶんあった。新人の私は「お先に失礼します」なんて、とても言えなかった。

あの頃は帰り道によく泣いていた。何かを思って泣くのではなく、ただ疲れて、疲れ果てて、涙が勝手に出てくるのだ。鬱《うつ》という言葉も今みたいにメジャーじゃなかった。あの頃のみんなは休むことを知らなかった。同期と二人で朝早く撮影に行き、お互い疲れから言葉も交わさずに呆然としていたら、やってきた先輩に「どした？　二人して埴輪みたいにつったって」と心配された。

生体リズムにまるで合っていない生活を続けていくうちに、私の中にあった夢や希望はするすると抜け落ちて、がらんどうになっていった。小説家になる、なんて思い出しもしなかった。今ここにいるポンコツな自分を、せめて迷惑にならないよう、邪魔にならないようにするだけで精一杯だった。私は埴輪だった。

あれは、一年目の終わり頃だっただろうか。やっと読者のお便り欄を担当するお許しが出た。読者からきたお便りをセレクトし、見出しをつけて、文を整え、最後に編集部コメントをつける。そのとき、「あ、私、いまトマトちゃんじゃん！」と思った。

子どもの頃、愛読していた「りぼん」の読者おたよりコーナーで、みんなのおたよりにコメントをつけていた編集部の「トマトちゃん」。「あっち側」のトマトちゃんに、私いま、なれてるじゃん！

初めてちょっと何者かになれた気がした。

やりがいを見いだした私は編集道へ邁進しましたとさ……という簡単な話ではない。なにしろ、なぜかその後、私はユーキャンの通信講座で保育士の資格取得のために勉強を始めるのだ。

私は物理的にも観念的にも、閉所恐怖症だ。家でトイレに行くときは、ドアをちょっと開けてないと落ち着かない。ドン・キホーテやパチンコ屋の圧迫感が苦手で、入れない。物件を探すときは「吹き抜け」とか「天井高」とか「庭付き」に惹かれる。どうやらそれは人生においても適用されるらしく、いつも非常口をちょっと開けとかないと落ち着かない。

「置かれた場所で咲きなさい」というのは、なるほどよい言葉だと思うけど、私はいつも「ここじゃないどこか」に憧れて生きてきた。「作る側」の人になりたかった私は、雑誌編集者になれた。作る側のはずだ。それなのに、くそ忙しい合間を縫って保育士の勉強をした。たしかに、学童保育のバイトで子どもの心の美しさ、人間の原型である面白さに夢中になった。あの子たちのことが大好きで、尊敬していた。

でも根っこの理由は、たぶん、バランスを取っていたんだと思う。保育士の勉強をすることで、「ここじゃないどこか」に行く準備はいつでもあるんだぜ、と思っていたかった。

保育士資格は筆記試験九科目と、実技試験（弾き歌い、絵、お話の中から二分野選択）に合格すると取得できる（当時）。筆記試験は六〇％以上正解すれば合格し、一度合格した科目は三年間有効だった。

私は土日にちまちま勉強して、三年かけて九科目を揃えて、実技に進み、資格を取った。我ながら、あの激務な日々に、よくぞそんな脱線をしていたな、と思う。でも、先輩に企画をダメ出しされ続ける日々、激務をこなすだけの日々、土日にテキストを開けば、「辞めようと思えば、いつでも辞められるんだぜ」「食っていく道はあるんだぜ」と思うことができた。

「置かれた場所で咲く」のが窮屈な人種もいる。いざとなったら逃げられるし、と思うことで落ち着く人種がいる。

きっと、私が大成することはないだろう。ひとつのことをずっとやっていられないから。だけど、大成することだけが、人生の「成功」とは限らない。なにひとつ成し遂げなかったけど、いっぱいいろんな世界を齧《かじ》って、心地よく過ごした、あー楽しかった！　という「成功」だってあるんじゃないか。

ああ、そうさ。これは開き直りさ。本当は私だってひとつのことを突き詰めて、「天才」とか「世界一」とかになってみたいさあ。でも、もう半分の私は、いろんな味のドロップをちょっとずつ全部舐めたいなって思ってる。その誘惑に全然勝てる気がしない。

四十にもなってようやく、そっちの自分も許せるようになった。

保育士資格は永久資格なので、おばあちゃんになったら、自宅で私設保育園開くのもいいな、とか思っている。

負けない謝り方

顔がのび太に似ていたせいだろうか。若い頃は人に舐められやすかった。今は加齢に伴い、のび太のお母さんに似てきたので、そんなこともずいぶん減ったが、昔は初対面の人に見くびられたり、バカにされたり、怒鳴られたりが結構あった。

あれはたしか二十九歳のとき。雑誌編集部にいた私は、ある方のインタビュー取材をセッティングした。テレビの収録終わりにいらっしゃるとのことで、テレビ局近くの貸サロンを予約した。ふだんは自然派コスメブランドのテストサロンだというその場所は、雰囲気もよく、趣味は土いじりというその人にピッタリだ。ヘアメイクやスタイリストの予算は出せないことを伝えると、自前の衣装で来てくれるという。ありがたかった。

カメラマンとライターと三十分前に着き、どこに座ってもらい、どう撮影するか固め、その人の到着を待った。準備万端、のはずだった。

かくしてその人はやってきた。マネージャーはおらず、手には衣装を持っていらっしゃった。「で、どこで着替えたらいいの？」

し、しまった！　テレビ局で着替えてくるものだと勝手に思っていた！　あわてて見回すと、「ＳＴＡＦＦ」と書かれたドアがあった。さも、はじめからそこへ案内するつもりだった、というように「恐縮ですが、こちらのスタッフ控室でお着替えいただけますでしょうか」とドアを開ける。

せ、狭い！　大きめの掃除道具入れぐらいのスペースしかない。というか、ほんとにここ、ただの掃除道具入れなんじゃ……。だって壁にフローリングワイパーが立てかけられている……。

「す、すみません、こちらの確認不足で狭くって」

その人はムッとした顔をして、それでもその狭小スタッフルームへ入ってくださった。

……ガチャッ。

ひぃっ！

着替え終わって出てきたその人の顔は、仁王像のごとく怒りに燃えていた。

「わー！　すてきなブラウスですね！！」と、なんとか空気を変えようとするも、

「責任者、出しなさいよ」腕を組み、私を睨みつけ、永久凍土の声色でその人は言った。

「せ、責任者は私です」

「はあ？　あんた、この仕事やって何年目？」

「え、えーと……」パニックで引き算ができない。

「これだからゆとりは！　こんな甘いことでお給料もらってんじゃないわよ！」

「いえ、私ゆとり世代ではなくてですね……」

「は？　あんた何歳？」

「に、二十九歳です。あ、七だ！　この仕事やって七年目です！」

一瞬、その人が怯《ひる》んだ。たぶん、こののび太に似た女をもっと若いと思っていたんだろう。

「と、とにかくね！　こんな失礼なことして、このあといい気持ちで話せると思う!?」

「申し訳ありません」

「あんな汚くて狭いところで着替えさせて、どういうつもりなのよ！」

「すみません、なぜかテレビ局でお着替えになられるものだと思い込んでしまい……」

「言い訳すんじゃないわよ！」

「はい、すべて私の勘違いでご不快な思いを……」

どう謝っても、その人の怒りは収まらず、それどころか怒りの矛先は「最近の若者」全体へと拡大し、これまでその人が遭ったゆとり世代による被害を、ゆとり世代ではない私が代表してひとつひとつお詫びする事態に。マズイ、止めどない、このままでは取材中止になってしまう！　下げたつむじに罵声を浴びながら、必死に打開のチャンスを狙う。そのとき、本能が告げた。

——目をそらすな。

キッと顔をあげ、その人の目をまっすぐ見つめる。そして見つめたまま「申し訳ありません！」と誠心誠意、心を込めて言う。

そうだ、これは、動物対動物の戦いなんだ。オーラで負けたら食われる。控室のことはたしかに私が悪い、でもそのことと関係ない世代とか肩書きとか出してくる向こうにも非はある。人類皆平等。今私は彼女と同じ平地に立っている。同じ平地に立ったまま、心の底から謝ってやる。

その後、何を言われても目をそらさずに食い気味で謝り続けた。すると不思議なものでだんだん、相手の勢いが弱まってくる。そのうち、「あなた、なかなか肝が据わってるわね」と少年漫画のような展開で和解し、取材は無事終了した。むしろちょっと盛り上がった。


こんなこともあった。それは『薄毛・白髪に効く！「白ごま油うがい」』というムックを編集したときのこと。一本の電話が〈読者ご意見ダイヤル〉から転送されてきた。

「もしもし、A県で美容師やってるもんだけど、おたくの『白ごま油うがい』っていう本ね、あれでたらめでしょ。俺ァ美容師だからわかんだよ。いいかげんな本出しやがって。この表紙に載ってるビフォーアフターの写真も、どうせ加工かなんかだろ。おねえちゃんじゃだめだ、責任者出せ、責任者」

なぜ、みんな私のことを下っ端だと思うのだ。うら若き乙女だからか、なめてんのか、こう見えて三十超えてんだよ！　私の闘志に火がついた。本の内容には絶対的な自信があった。

「責任者は私です。こちらの本はアーユルヴェーダを基にしていまして、その界隈で第一人者の先生にご監修いただいているものです。私も正直、なんで白ごま油でうがいしたら髪が増えたり白髪がなくなったりするのかは、わからなかったんですけど……」

「ほーら、根拠ねぇじゃねえか」

「それが、社内でモニターを募って、試してもらったところ、見事に結果が出まして。この表紙に出ているおじさん、うちの上司なんですよ。今いるので、代わりましょうか？」

同じ島にいる上司の肩がびくっとなって、え、オレ？　と慌てている。

「こんなの毛が伸びただけだろ」

「いえ、写真をよーく見てください。たしかに密度が上がってますよね。一切加工はしてません。信じてください。私はこの目で見たんです！　上司の髪が増えたのを！」

上司はソワソワしている。向かいの席の先輩は原稿を書くふりをしながら耳をそばだてている。その証拠に笑いをこらえた肩が震えている。観客を得て、私はますます饒舌《じょうぜつ》になる。

「メカニズムを言え、メカニズムを」

「それがほんと、結果を見て、としか言いようがないんですよね。ただ、気を付けてください。モニターのうち一人だけ、逆に毛が減っちゃったんです。先生によると、体質によっては逆効果になることもあるそうで。ほら、◯ページ見てください。そのこともちゃんと注意書きで入れたんです！　私、ウソだけはつかないんで！」

そう、産後に抜けた髪にも、中年の薄毛にも効いたのに、モニターの中で一番若い子の隠れ薄毛にだけ効かなかったのだ。あれは申し訳なかった。

「ふーん……なんか、あんたいいね。一生懸命仕事してんだね」

おじさんの声がぐっとやわらかくなる。あのタレントのときと同じだ！

「恐れ入ります。お客様も素敵ですね。髪に悩まれている方に付け入るような本は許せないと思われたんですよね」ここで一気に距離を詰める。

「へへっ、ま、そんな大したことでもないけどさ。あんた、名前は？」

「清繭子《きよしまゆこ》と申します。奥付にもきっちり名前書いてますので、また何かあったら、私が責任をもってお答えします」

そう、責任者はわ・た・し！

「覚えとくよ、俺、あんたを信じる。この本、お客さんにも薦めておくよ」

「ほんとですか！　ありがとうございます！　◯ページに体質チェック表があるので、必ずやってもらってから試してくださいね。逆効果になると申し訳ないので」

電話を切った後、隣の席の先輩がしみじみと言った。

「強いなぁ〜」

書くだけじゃ、だめなんだ

編集者として十七年、仕事をフリーランスの人々に「発注」し続けてきた。

なかでも、イラストレーターに発注する仕事は、面白かった。活躍しているイラストレーターというのは、こちらの発注通りに絶対にしない。その斜め上の提案をしてくる。クリエイターたちの才能に触れ、それを形にし、発表の場を作れることは、喜びだった。

でも、虚しさも感じていた。結局は本当の「創造」「芸術」を行っているのは彼らであって、発注側の私はただ道筋をつけているだけ。「何者かになりたい」病の私は、イラストレーターやライターやカメラマンの才能に感激するたびに、嫉妬も感じていた。

そんなとき、「発注芸術」という言葉に出会った。

当時私は、それこそ何者かになるために、会社勤めの傍ら、前衛芸術家で写真家である沼田元氣さんが主宰する「乙女の美学校」に通っていた。ヌマ伯父さんはある日、「自分の名刺を作りましょう」という課題を出した。

パソコンで作る人もいれば、活版印刷で作った人もいた。ヌマ伯父さんは答えのひとつとして、みんなに「花名刺」を配った。花名刺とは、舞妓が持つ名刺の一種で、普通の名刺の縦半分のサイズの和紙でできていて、背景に花鳥風月が描かれている。

「これは発注芸術です。どんなフォントで、どんな紙で、どんな印刷をするか、それをあなたが決めるなら、それは芸術なのです。私は、花名刺を見つけてきました。素敵でしょう、ユニークでしょう。花名刺を作ったのは私ではありません。でも、それを自分用の名刺にしようと発想したのは私なのです」

この言葉に勇気をもらった。

「発注芸術」なら、私もずっとやってきた。この言葉、八〇年代にヌマ伯父さんが作ったものだそうで、今では美術用語辞典にも載っている。

先日、大学時代からの友だちとご飯を食べていたら、「私は何者にもなれていない」とその子が言ったので、椅子から転げ落ちそうになった。

彼女は卒論で優秀賞を獲り、誰もが知る一流企業に入り、海外赴任をし、愛する人とめぐり合い、素晴らしい子どもたちに恵まれ、そのうえ、忙しい仕事と家事育児の合間を縫って語学学校に通い、私にはなんのことかさっぱりわからない難しそうな国際資格の勉強をし、「何者」以外のなにものでもない。彼女の名前を出せば同級生はみんな「ああ、あの超優秀なのに性格もめちゃめちゃいい、神に選ばれし子」と思うだろう。私がいかに彼女が何者かであるか熱弁すると、彼女は竜田揚げを頬張りながら、「でも私、アートやりたかったの」と言うのである。

芸術ってなんだろう。

私たちの思う「何者」ってなんだろう。

ふがいない自分に対する言い訳ではなく、時々そう思う。ほんとうは、私たちは生きているだけで選択し、発想し、芸術しているんだと思う。ヌマ伯父さんの言ったことは真実だと思う。それでもなお、くすぶっているのは、そこに、「他人からの承認」を取り付けないと、自分で自分を納得させられないからだろうか。

連載「小説家になりたい人が、なった人に聞いてみた。」で、必ずする質問がある。

――書くだけでなく、読まれたいと思う理由はなんですか。

それが、＝小説家になりたい理由だと思うから。

子どもが寝静まったあと、パソコンに向かい、パチパチと物語を打ち込んでいく。まるで焚火に薪《まき》をくべるようだ。火が起こり、灯がともり、煙となって昇って消える。

でも、やっぱりそれだけじゃさみしい。

この煙に誰か気づいてくれよ、とさもしく祈りながら書いている。

はははるもの

うちの母は何でも貼ってしまう。

あれは小学六年の頃。学校から帰ると、母がわくわくを噛みころした顔で、「繭ちゃん、ちょっと来て」と手招きをした。そして、子ども部屋の前で一呼吸置き、「じゃーん！」とドアを開けた。

「ん……？」

登校前は何の変哲もなかった木製の洋服ダンス。そこに天使が大渋滞していた。美術展のチラシかなんかに載っていたルネサンス期の名画から、母は天使を何匹も何匹も丁寧に切り抜いて、木工用ボンドで貼り付け、上から透明ニスを塗ったらしい。

「ほら、繭ちゃん、天使好きでしょ？」

おかあさん……私が好きなのは、『天使なんかじゃない』by矢沢あいだよ！　たしかに転校初日、ヘインズのTシャツに白のフェルトで作った天使の羽を縫い付けて登校し、「エンジェル清って呼んでください」と言い放ち、クラスを騒然とさせたけれども、あれは冴島翠の学園祭のときのコスプレをしただけであってだな……と言いたかったけれど、母がものすごーく褒められたそうな顔をしているので、ぐっと飲み込んで、「わーーーーすごーーーーーい、びっくりーーーーー」と棒をいっぱいつけて喜んだ。

こんなこともあった。

中学生時代、私は小説なんか全然読まず、CHARAのような個性派シンガーソングライターを目指して毎日のようにポエムを作っていた。当時は脳のひだひだの奥の奥まで恋愛脳だったので、すべて片思いのバラードである。理科の実験で好きな子と同じ班になりアルコールランプの火力調整をするときに偶然指が触れたことや、帰り道が同じになるように用もないのに教室の机の中のものを全部出してまた全部元通りにしまったことなどをベースに歌詞を練り練り、ノートに書き留める。楽譜は書けないので作った歌は忘れないようにお風呂で何度も練習するという、まさかのセルフ口伝スタイル。そんなある日、家に帰ると母がふすまの前に立ち、「じゃーん!」と手をひらひらさせた。イヤな予感——。

ふすまにあいた穴に桜の形に切り抜かれた和紙が貼ってあり、そこに筆ペンでさらさらと和歌のようなものが書いてある。

「ん……?」

目を凝らして驚愕した。それは、私がノートに書き溜めたラブソングの一節だったのだ。ぎえええええええーーーーー！！！　ここで保護者のみなさんに、思春期の子どもに一番やってはいけないことをお知らせしますね。それは、子どもが書いたポエムを紙に書き写し、ふすまの穴に貼ることです！　オカン、アカン、ソレ、ゼッタイ！

時は流れ、私は雑誌編集者として働くようになり、ある時期から巻末に似顔絵と一言コメントが載るようになった。帰省するとまた母が嬉しそうに言うのである。

「じゃーん！」

古いカレンダーを台紙として、私の一言コメントが掲載順に切り貼りしてある。もちろん原本は保存用に取っておくため、わざわざカラーコピーしてから切り抜かれている。それが京都で舞妓体験したときの写真とともにリビングの一番目立つところに飾られていた。物足りないと思ったのか、花や天使のシールもべたべた貼られている。〈清繭子オリジナルポスター〉というわけだ。

だがしかし、今度の気分は悪くなかった。編集後記に載ったといったって少部数の季刊誌だったし、名前も〈編集K〉といったイニシャルで表示されている。読者の一体何人が、このページを読み、この編集Kのことを認知するだろう。でも実は、私も嬉しかったのだ。イニシャルでも、たったワンフレーズでも、私の書いた文章が印刷されて出版されたことが。

それを世界で恐らく母だけが、本人以外で喜んでくれたのである。

なんのタイミングか忘れたが、実家の和室で母と布団を並べて寝ていたとき、「おかあさん、繭子のファンなのよ」とずいぶん重たいトーンで言われたことがあった。

私と母は性格の合わないところがあり、家族の中で一番ケンカが多かった。そんな中でのこの一言。私は布団に顔を埋め、答えた。

――知ってるよ。

思い返すにこれまで母が貼ってきたものはすべていわゆるひとつのファンアートであった。

母の中で私は生まれたときから何者かであったのだ。

繭を脱ぐ日

生まれてこのかた、何者かになりたいと奮闘してきたわけだけど、その夢が叶いかけたことがある。

会社員四年目、私は刺繍《ししゅう》イラストレーター・みずうちさとみさんの刺繍教室に通い始めた。しばらくして数年間付き合った彼と別れた。毎週末会っていたので、ぽっかり空いた時間が苦しくて仕方なかった。それをぜんぶ刺繍につぎ込んだ。

刺繍のいいところはひと針刺せばひと目ぶん、必ず進むこと。彼と別れた理由は相手の心変わりだった。私に内緒で行った合コンにいた若い女の子に一瞬で恋に落ちたらしい。「私たちの時間はなんの意味もなかった」そんな思いが、刺繍をすることで癒されていった。

みずうちさんは刺繍で絵を描く。じゃあ私は刺繍で詩を描こうと思った。ことばが好きだったから。

空に向かって広げた指先から、きらきらとしたビジューが解き放たれていく刺繍をして、そこに「手ばなす」という文字をチェーンステッチで縫い留めた。彼のことを手放したいと思った。その刺繍は私の決意表明だった。

そうだ、これをハンカチにして、いつも持ち歩けるようにしたらどうだろう。彼に連絡を取りたくなったとき、そのハンカチを見れば思いとどまれる。手放した先にあるはずのまっさらな未来に気づくことができる。

こうして、「ことばハンカチ」という刺繍作品を作り始めた。「よくなるよ。」「ぜったい春」「それでも私」そんな短いことばと、そのことばの持つ情景を刺繍にした。

ことばの力をしんじています。
それも、立派なことばや正しいことばではなく、
いつも身に纏っている、人肌に温められたことば。
常温のことば。
だけど凍える朝に響くとき
突然その意味が感触を持つ。力になる。
そんなことばを持ち歩くことができたなら。
こうして「ことばハンカチ」は生まれました。
ことばを触れるようにする

ことばをいつもそばに置けるようにする
ことばに温度をもたせる……
目指したことがどこまでできたのかはわかりませんが
もし、「よくなるよ」や「手ばなす」なんてことばたちを
〝今日、持って歩いてみようかな〟
そう思っていただけたなら
こんなにうれしいことはありません。

（「ことばハンカチ展」より）

清綿子《わたこ》というアーティストネームを自分につけて、「R座読書館」という高円寺にあるすてきなカフェで個展をし、東京メトロのフリーペーパー「メトロミニッツ」に取材され、「装苑」に注目の刺繡作家として取り上げられた。

あのとき私はたぶん、夢だった「何者か」になりかけていた。

それでも私は「刺繡作家になろう」とは思えなかった。刺繡はひとつの作品に膨大な時間がかかる。それが売れたとしても、利益はよくて数万円。これ一本で生活していくイメージを持てない。会社員の私は、安定した収入を捨てられなかった。毎週のようにお気に入りの

バーに通い、有休を取って海外へ行き、シーズンごとに服を買う。それをゼロにして挑む勇気がなかった。演劇を諦めたときと同じだ。

友だちには、「安定した暮らしが送れるからこそ、作品を作れるの。これを仕事にしちゃったら、苦しくなっていい作品も作れなくなると思う」なんて一丁前のアーティストみたいなことを言っていた。それも真実ではあったけど、それだけじゃなかった。すべてを刺繍に懸ける覚悟が持てなかった。途中で行き詰まる予感がしてた。

私は一体なんにならなら、覚悟を持てるんだろう。

私の名前は「繭子」という。養蚕業で財を成した曽祖父にちなんだ名前だ。いつまで私は繭の中にいるんだろう。快適なこの繭を、いつになったら脱げるんだろう。生きやすくなればなるほど、私の繭は分厚くなっていった。

初めての受賞、始まらないシンデレラストーリー

入社して三年が過ぎ、保育士資格をゲットした頃、隔週誌の編集部から季刊誌の編集部へ異動になった。時間ができた私は、今度こそ小説をまじめに書き始めた。シナリオセンターや単発の小説講座にも通い、「公募ガイド」を買っては見つけた賞に応募した。同時に映画監督も目指して、夜間の映画学校に入学したし、大失恋から刺繡で詩を描くことを思いつき、高円寺で個展を開いたりした。

えっ？　どゆこと？　我ながらふわふわしすぎていて恥ずかしい。もはや属性が夢追い人。夢追ってるのがフィックスの状態。そんな私を友はハイパーマルチメディアクリエイターと呼んだ。

そんな（どんな）二〇一〇年の秋。美容院で髪を染めていたら、知らない番号から電話がかかってきた。セールスだったらすぐ切ってやろうと、できるだけ不機嫌な声で「おぉん？」と出る。「もしもし、清さんの携帯でしょうか。わたくし、深大寺恋物語大賞事務局

の……」

その瞬間、背中がぴしーっとなって、毛染め液を付けていた美容師さんがビクッとした。

それは、「第六回深大寺恋物語」受賞の知らせだった。といっても大賞ではなく、審査員特別賞なんですけどね。

しかし、二十代の清は思った。

――ああ。やっぱり私、才能あるんだ。

町おこし的な意味合いも強い、地方文学賞だ。受賞作品は調布市内でしか売っておらず、受賞したとてどこかから執筆依頼が来ることもない。でも、私の小説が選ばれた。村松友視さん、井上荒野さん、清原康正さんというプロの方に見てもらえた。そのことが、ずっと胸の中でぴかぴかと光っていた。

先日、写真フォルダを見返していたら、同期が撮ってくれた授賞式の動画が出てきた。

私の名前が呼ばれ、壇上に上がる。チラッと同期たちの方を見る私に、同期の一人が「かわいい……」と言い、カメラ担当の同期が「やば、手が震える（笑）」と言って画面が揺れる。「賞金として五万円が授与されます」とアナウンスされると、「おぉ～！」と歓声が上がる。その声が全部動画に入っちゃってる。

思い出した。このとき、激務にもかかわらず、会社の同期や先輩がお祝いに駆けつけてくれたのだ。同期のNちゃんは「私が繭子のマネージャーになるから！」と言い、Sやんはリニューアルしたある雑誌に私ということを伏せたまま「この人、新連載にいいと思うんです」としれっと企画会議にかけてくれた。私の小さな光を、私と同じくらいみんなが信じてくれた。

でも、シンデレラストーリーはいつまでたっても始まらなかった。Sやんの企画も編集長に却下された。資料として提出した私の作品を読んだうえでの、「これでは弱い」という判断だった。他の文学賞にもいろいろ出した。どれもよくて一次通過止まりだった。では映画学校の方はというと、とくに大きな成果もないまま卒業となった。刺繡アートはそれ一本で食べられる気が全然しなかった。

結局、私はどんなときもサラリーマンであることを捨てられなかった。何の覚悟もないまま、誰かに見つけてもらえることだけを待っていた。私が世に出られなかったのは、「深大寺恋物語」が小さな賞だったからじゃない。私が、自分から出て行かなかったからだ。手に入れた光を消したのは自分だった。

だけど受賞から六年、尊敬する小説家から「小説を書いて」と言われた。シンデレラストーリーが突然、西荻の夜に降ってきた。

小説家になりかけて、なれなかった話

当時、私は出版社で角田光代さんのエッセイの編集担当をしていた。もちろん、自分で志願してなったのだ。だって、角田さんの『愛がなんだ』を読んで私は小説を書こうと思ったんだから。でも、小説を書いていることは角田さんには言わなかった。大ファンなことも言わなかった。片思いをしながら勝手に照れていた。ただただ畏れおおかった。

ある日、角田さんと窪美澄さんと西荻窪で三人で飲んでいたとき（美澄さんは元うちの雑誌の看板ライターだったご縁で仲良しなのだ）、角田さんが「早稲田文学」の責任編集を任され、「新人賞のその後」というテーマで原稿を募集しているという話をされた。小さな文学賞を獲った後、書く場所がなかなかない人たちにもう一度作品を書いてもらって、光を当てたいと考えているけれど良い人がいない、と。そのとき、美澄さんが「清さんも小説書いてるんですよ。深大寺恋物語っていうのを獲ったんだよね？」と水を向けてくれたのだ。

「え！　そうなの!?　荒野さんが審査員している賞だよね！　書いて書いて！」

角田さんが目を輝かせて言ってくれた。

自分が小説を書くきっかけとなった小説家に、小説を「書いて」と言ってもらえる……それが文芸誌に載る……。え、夢なのかな？

あまりにも幸運すぎる展開で、「きっと角田さん、酔って言っちゃったんだよ」「今頃後悔してるかも」「やっぱり検討の結果、ナシでってなるにきまってる」「というか、やっぱり夢だったのでは？」と、ずっと「やっぱりちがったver.」の想定をして、失望の予防に努めていた。

でも、本当だった。後日、角田さんから、原稿料や文字数、締め切りの連絡が来た。

そこからは、マジで本気出した。当たり前だ。あの角田さんが読んでくれるのである。あの角田さんに呼ばれているのである。「ああ、やっぱり清に声を掛けるんじゃなかった」そう思われたくない。絶対に見損なわれたくない。書いて書き直して書き直して書き直した。

そして、できた作品が「ほんもの」だ。

「早稲田文学」のそのページには、冒頭に角田さんからの評があった。

――第6回深大寺短編恋愛小説、審査員特別賞を受賞された清繭子さんの小説は、才能とは何か、本物とはどういうことかを軽やかに切り取って見せた小説です。逃げていく男と逃がすまいとする女を描くのがうまい！　（「早稲田文学」二〇一六年夏号より）

見本誌とともに角田さんからお手紙までいただいた。家族じゅう、友だちもみんな、買ってくれた。泣きながら感想を言ってくれた子や、サインを書いてと言ってくれた子、ボールペンをプレゼントしてくれた子もいた。

そして、ある出版社からメールが届いた。

「早稲田文学であなたの作品を読んだ。今、うちでは新人作家を探していて、何作か見せてもらえないか。短編をまとめて本にできるかもしれない」

それは、自費出版系でもなんでもなく、名のある文芸出版社からのメールだった。でも、私は自信を持てなかった。

なぜなら、メールの宛名が「清繭子」じゃなかったのだ。そこには全然違う苗字と名前があった。私は、「どなたかとお間違えじゃないでしょうか」と悲しい気持ちで打った。すぐお詫びのメールがきて、私で間違いないこと、一度会って話したいことが書かれてあった。

その後、お会いしたとき、その方は「ほんもの」をとても丁寧に読み込んでくださって、細かいところまで「ここはこういう伏線なんですよね？」と作品のいいところを見つけてくださった。ありがたかった。そして、作品を書いたらメールで送り、喫茶店で指導してもらうというのを数回やった。でも、新しい作品については、全然ダメなようだった。先方が呆れているのが伝わってきて、辛かった。メールの返信もあまりこなくなった。

その後、第一子を授かった。何度目かにお会いしたとき、お腹の膨れた私を見て、「しばらくは育児に専念されたほうがいいですね」とおっしゃった。見限られたのだなと思った。

こうして振り返ってみると、あまりの幸運な展開に、なぁに少しのダメ出しぐらいで、諦めてんだ！　と思う。もっとむしゃぶりついて、しがみついて、ストーカーのごとくになろうとも、作品を送り続ければよかった。千載一遇のチャンスをもらったんだから。

でも、最初に宛名が違っていた、そのことがずっと引っかかっていた。

――本当は、私が選ばれたわけではないのではないか。

その思いがあって、しがみつけなかった。

「早稲田文学」に載ったのも、私が偶然、角田さんの知り合いだったことが大きかった。もちろん、角田さんがいいかげんな気持ちで「新人賞のその後」の面々を選ぶわけない、だからそこは信じてもいい、「清ならわりといいものを書くんじゃないか」とは思ってくれたにちがいない。でもやっぱり、引け目を感じていた。

そして、私は会社を辞めた

その人は藤井裕子さんという。会社の先輩で、うちの看板雑誌を体現するような名編集者だった。食に造詣が深く、何冊ものヒットレシピ本を世に送り出していた。料理好きだったらきっと一冊は彼女が手がけたレシピ本を持っているだろう。

裕子さんの企画はどれもユニークで実用的で、しかも温かみがあった。そしてうちの雑誌とその読者を誰よりも愛していた。その仕事には愛が溢れまくっていた。ものすごく忙しいはずなのに、思い出す裕子さんはいつもおっとりとした声で「きよしちゃん、ふふっ」と笑っている。尊敬していた。

その裕子さんが急な心臓の病で亡くなった。まだ五十歳だった。

前々日、初めてレシピ本を手がけることになった私に励ましのメールをくれたばかりだった。信じられなかった。耳の奥であの優しい声はいくらでも再生できるのに、裕子さんにもう会えないのが受け入れられなかった。体ががたがた震えて、泣きながら入稿作業をした。

こんなときでも仕事をしなければいけないのが、意味がわからなかった。と同時にその作業に救われてもいた。

会社が海の底みたいに灰色に見えた。あちこちで誰かが泣いて誰かが肩を抱いている姿があった。家族の前では我慢したけれど、通勤電車に乗った途端、泣いた。会社に着いたら頑張って泣き止んで仕事をし、帰りの電車でまた泣いた。

裕子さんと私はサンボマスターのファンで、社内のサンボファン数名で「サンボマスターの会」を結成し、仕事の合間を縫ってたびたびサンボしか歌わないカラオケに行った。そのとき、裕子さんがよく歌っていた「何気なくて偉大な君」という歌をイヤフォンで聴きながら、また泣いた。裕子さんはサンボの隠れた名曲を見つけるのが上手だった。春みたいな声でサンボを歌う。歌うときいつも腰を横にふりふりするんだよな。あれ可愛いんだよな。

訃報の数日後、裕子さんのお連れ合いとお子さんが、裕子さんの荷物を引き取りに来社された。

私が入社したとき、裕子さんは育休が明けたばかりだった。小さなお子さんとの可愛いやりとりをいつも嬉しそうに話してくれた。裕子さんがサンボのある曲にハマってる、と言って、理由を聞いたら「うちの子の名前と同じ言葉が何回も出てくるの」と惚気《のろけ》られた。

そのお子さんが立派に大きくなられて、裕子さんのお連れ合いに寄り添うように立っていた。

お連れ合いは、「彼女は本当にこの雑誌が大好きで、この仕事が大好きで、好きな仕事を思いっきりできた人生だった。生ききった幸せな人生だった。そう皆さんにも思ってほしい」とお話ししてくださった。その隣で、お子さんもしっかりとうなずいていた。

その通りだと思った。裕子さんはご自身の夢をその努力と才能で叶え続けた見事な人生だった。だってほほ笑んでいるところしか思い出せないもの。

それに比べて私はどうだ。

ずっと言い訳ばかりして、安全な道ばかり選んで、そのくせ夢が叶わないのを環境のせいにして。生きているのに。こうやって今、生きているのに。

「会社辞めます」

上司に伝えたのは、裕子さんの訃報から一週間後のことだった。

第二章

子どもを陽にあてただけの今日

できなくなった

できなくなった
小説を一気に最後まで読むこと
居酒屋をはしごすること
名画座で映画を二本観ること
徹夜で刺繡すること
ザックでインドを歩くこと
ワンピース一枚で出かけること
寝たいだけ眠ること
話したいことを最後まで全部話すこと
できなくなった

できるようになった
湯たんぽがわりに膝に抱えること
宇宙語に付き合って宇宙人になること
やわらかい爪をおそるおそる切ること
誰かが父や祖母や伯父になってく顔に気づくこと
自分がつけた名前を書くこと
起こさぬようにひそひそ声で話すこと
ちいさいちいさい服を買うこと
かわいすぎる、と言いながら泣いて、バカみたい、と笑うこと
できるようになった

違うジャンルすぎて、等価交換にならない
不満は充実とこれからも共存するだろう
だから私は、お母さんになる前もなった後も、結局は幸せなんだろう

真相報道・育休24時

育休が待ち遠しくてならなかった。「育休って休みなんでしょ？」と、私も多くの人と同じく思っていた。

「早稲田文学」に小説が載って出版社から声がかかったのに、仕事が忙しすぎて小説を書けない。だから子どもを授かり、無事育休に漕ぎつけたとき、助かった、と思った。この間に小説を書く。そう意気込んでいた。

……っ、甘かったっ！

たとえば授乳。ご存じだろうか。新生児というのは二〜三時間ごとにおっぱいを飲む。しかも飲む側も飲ませる側も慣れていないので一回あたり四十分もかかったりする。その間、こちらは子どもの口と自分の乳がちょうどいい位置に来るように子どもを抱きかかえ、達磨《だるま》のようにフリーズしているのである。

ただ座って乳をやるだけなのだから、頭の中で構想を練ったり、スマホにプロットを打ち込んだりできる、と思うかもしれない。私もそういう計画だった。でも、保健センターや育児サイトでこんな話を聞かされる。

「授乳中、赤ちゃんはおかあさんの顔をじっと見ています。そのとき、おかあさんと目が合わないと、愛着関係に支障をきたすことがあります」……とはいえ、たまにはスマホ見て息抜きしても大丈夫だからね、と付け足してくれる助産師さんや保健師さんもいるのだが、初産である私にはその言葉が耳に入らない。ひとつの命を預かった重責で、全然物事をイージーに考えられない。

結局私は授乳の間じゅう、じっと赤ん坊の顔を見つめていた（可愛くて目がそらせなかったのもある）。赤ん坊が目を瞑《つぶ》りながら乳を飲んでいるときならよそ見してても大丈夫だろうと今なら思うのだが、当時はそれさえ母親として「ズル」な気がして、基本赤ん坊をガン見していた。しかも、まだ乳も授乳専用に進化していなかったため、赤ん坊の歯のない歯茎にぎうぎう挟まれると普通に激痛。乳首が切れて血が噴き出し、それでも授乳しないといけないので、赤ん坊に害のない羊の油を塗って（そのようなものが普通に産院の売店で売られているのである）痛みをこらえてまた含ませる。なんの拷問だよ。

加えて、うちの場合、赤ん坊の頭がでっかく、出てくるときにハリウッド映画のオープニングのライオンみたいな勢いでこちらの会陰をびりびりに破って出てきたので、私の会陰は合計十六針縫われ、プラス直腸が胎児に圧迫されることで元々持っていた痔が妊娠時に超絶悪化し、その状態で四十分座るなんてほんとっっ、もう一度言わせてください、なんの拷問だよ！

なので、赤ちゃんと目を合わせる、という使命があってもなくても、満身創痍《そうい》の私にはそれしかできなかったと思われる。

そんな地獄の四十分が終われば、おむつ交換や「黄昏泣《たそがれ》き」とかいう謎のギャン泣きや「オリーブオイル綿棒浣腸」（なんそれ）におろおろする時間に追われ、気が付いたらまた次の拷問（授乳）が始まるのである。その上、会社の仕事だったらどんなに遅くともいったん退社という終わりはくるもの。しかし、うちの新しいボス（赤子）は二十四時間こちらに勤務を求めてくる。株式会社新生児の雇用条件は深夜残業、休日出勤あり。休憩時間なし、食事手当なし、有休なしの超ブラック企業。最初の頃は「小説を書けない」というストレスを感じることすらできなかった。

と、こんなことばかり書いていたら、みんな子どもを産むことが怖くなるかもしれない。近年『母親になって後悔してる』という本も話題になった。でも、私の場合、それはそれ、これはこれだった。母親になって一ミリも後悔していない。理由はごくごくシンプル。やつらは可愛いのである。

長いまつげを伏せてすやすや寝ているときはもちろん、あらぬ方向をじーっと見ているときも、自分のウンチの噴射音にびっくりしているときさえ可愛い。その愛おしさは会陰十六針にも睡眠時間二時間にも勝り、その皮膚から強力な快楽物質が出ているのではと疑うほどだ。

でも、そのことを声高に言う母親はいない。産婦人科に通った身なら皆、望んでも授かれない人がいることを知っている。あるいは自分もその一人だった。だから口に出せる不満や不自由ばかり目立ってしまう。私の実感は次のようなものである。

育休、しんどかった。幸せだった。
ひとりの時間が欲しかった。赤ちゃんとずっといたかった。
母親になれてよかった。
ほんとうによかった。

おばあちゃんのはだか

T湯の天井はフラミンゴピンクのミルクがけだ。タイルもピンクに揃えてある。男湯に縁側と庭園があることで有名で、水曜日だけ男女入れ替えになる。

慣らし保育の水曜日、十五時開湯に合わせて行ってみると、すでにおばあちゃんたちが洗い場でかぽん、ざぶん、やっている。庭園に向いた大きな窓から初夏の日差しが降り注ぎ、おばあちゃんたちのはだかをきれいに照らしていた。庭園に面しているのは日替わり湯が入る浴槽で今日はりんご湯だった。紅玉色のそれに浸かりながら、おばあちゃんたちを眺める。昔、眺めたときには、ウゲェーあんなふうになるのかよ、と思ったのに、今日はたっぷりと垂れ下がったお尻や、窪んだ背骨や、たわんだ腰や削げた胸が、かわいく思える。実際、椅子に乗っかったお尻は昨夜お風呂に入れたうちの赤ん坊のお尻にそっくりだ。桃色に染められて、ふよふよとやわらかく、なにものにも抗わない。かわいいなぁ、きれいだなぁ、と思うのは、私が年をとったからなのか、昼間の光の下で見るからなのか、フラミンゴピンクのミルクがけのレフ板効果があるからか、わからない。なんにせよ、いい光景だ。

おばあちゃんがおばあちゃんを洗っている。背中をゴシゴシとよく絞った布で洗っている。洗われた方は、悪いわねぇ、なんて言っている。二人は姉妹でも親子でもなく、ご近所さんなんだろう。友だちのはだかを洗ってあげる――。すごいなぁ。人生でいろんなことにぶち当たるたびに、ぱらぱらと殻が剝がれていったんだろう。「あり」なことが増えていったんだろう。人を許し、自分を許し、時間を許してきたんだろう。

おばあちゃんのはだかは収束する美しさではない。とめどなく拡がっていく美しさだ。

と、そこに私と同じくらいのおかあさんと三歳くらいの女の子が入ってきた。女の子がちゃぷんと浴槽に浸かっては、「あつぃー!」とすぐ出てしまうので、おかあさんはちっとも肩まで浸かれない。小さい桃色の体がスーパーボールのようにあっちこっちに行くので、あらあらとみんな目を細めている。こういうとき、おかあさんは誰かに怒られやしないかと必要以上に子どもを叱ってしまう。その気持ちがわかるから、歴代の女性たちはみな、「誰も怒っていませんよ、私たちはほほ笑ましくあなたとお子さんを眺めているだけですよ」ということをその人に届けようと、一生懸命目を細める。天気のいい昼下がりという状況も手伝ってか、今回はうまくおかあさんにも伝わったように思う。

女の子ははだかんぼで歩いているうちに、少しは冷えを感じたのか、やっとりんご湯に入ってくる。おかあさんと目が合って、私はお疲れさまの気持ちを込めて「かわいいですねぇ」と言う。「かわいいわよねぇ」とおばあちゃんも言う。おかあさんは嬉しそうに会釈する。彼女がやっと肩まで浸かれたことに私もおばあちゃんもほっとする。彼女が浴槽へ足を差し入れたとき、その爪のペディキュアが、塗ってないのと同じくらいにはがれ落ちているのが見えた。鯉の泳いだあとの波立ちくらい微かに、赤がひと刷毛残っているきりだった。

わかるなぁ。きっと何か月も前に、本当に久しぶりにペディキュアを塗ったのだろう。子どもがいるときだと乾く間もなくめちゃめちゃにされるので、寝静まったあとこっそりと塗ったのだろう。サンダルを履くとき、子どもをお風呂に入れるとき、その真っ赤な爪がちらちら見えて、こっそり悦に入ったのだろう。あら、独身の娘さんのようだわって。だけどそれもあっという間にスーパーボールみたいな子どもを追いかける日々に紛れて、今は名残りだけそこにある。

私はこっそり私の足の指も見る。ブルーグレーのペディキュアがやっぱり同じように、ひと刷毛残っているきりだった。だけどねえ、おかあさん。これも私たちの美しさのひとつだよねえ。おばあちゃんたちのとめどなく拡がり、こぼれていく美しさの中にもきっと含まれている、美しい日々の痕跡。

さっきから取り留めもなく考えごとをしている。考えごとをするなんてどのくらいぶりだろう。私はこうやって、考えごとがしたかったんだなあ。

お風呂上がりに縁側でラムネソーダを飲んだ。迷って服を着たけど、あとからおばあちゃんがバスタオル一枚で出てきた。まだまだ修行が足りないな、と思ったら、「そうよ」と笑うように風鈴が鳴った。

消えた「ここじゃないどこか」

産後しばらくして子育てに慣れてくると、今度は世間から取り残されている自分に焦り始めた。SNSで同い年の人が仕事で成果を上げるのを眺めながら、自分は今日も乳をやり、おむつを替えるだけの日々。小説を書くことはおろか読むことすらできず、それどころか、日中、大人と喋ることもない。日々成長する子どもを前にして、自分は一歩ずつ退化しているような気がしていた。

そんなとき、窪美澄さんが出産祝いにうちを訪ねてくれた。高級焼肉弁当を携えて。美澄さんは私が焼肉弁当を食べる間、ずっと赤ん坊を抱っこしてくれていた。産後初めて両手が空いた状態で、自分が何を食べているかきちんと目視しながら、一口一口味わって食べた。どれも素晴らしく美味しく、今の私に何が必要かこんなにもわかってくださる美澄さんに心から感謝した。

我が子から手を離した状態で、ようやく私はこの焦りを他の大人に話すことができた。

「この子に比べて、私は何も進化してないって思うんです。今までずっと、私は何をやってきたんだろうって思うんです」

するど美澄さんは、こう言った。

「私も子どもが生まれたあとの十年くらいの文化史がすっぽり抜け落ちているよ。映画も本もなんにも記憶にないし、身に付いてもいないよ。そんなもんだよ。それでも大丈夫だよ」

――それでも大丈夫だよ。

美澄さんが言うからには、それはほんとだった。そのときもう、美澄さんは小説家になり、山本周五郎賞と山田風太郎賞に輝いていた。空白の十年があっても、きちんと花を咲かせ、実もつけたのだ。

それからしばらくして、今度は角田光代さんのおうちに子どもをベビーカーに乗せて遊びに行った。

「小説を全然、書いていないんです」

懺悔《ざんげ》するように私は言った。せっかく角田さんがくれたチャンスを私はものにできなかった。久しぶりに会えた角田さんに緊張して私は一方的にぶわーっと喋り、角田さんはそれをうんうんと静かに聞いてくれ、帰り道恥ずかしくなってベビーカーを押しながら項垂《うなだ》れていた。

子どもが生まれてから、自分の人生を生きていない感じがしてる。

自分と子どもの二本の並行する線があって、子どもの手を引っ張って子どもの人生を歩ませている間、自分の人生は空白になっている感じがしてる。

読んだ本も観た映画も話したことも思ったことも、さらさら砂のように流れて、零れて、刻まれていかない感じがしてる。

そんなことを言いたかったのに。

帰宅後、もどかしい気持ちでお礼メールを送ると、角田さんからこんなお返事がきた。

「ミランダ・ジュライという最近ハマってる女性作家がいるのですが、彼女も清さんと同じで子どもを産んで、そして産んでから初めて長編小説を書いたんです。それがとても素敵で、こんな小説を私も書いてみたいと思うほどでした。だからきっと清さんにも産んだあとだから書ける小説があると思います。それを今じゃなくても、いつか書くんだと思います」

とても嬉しかった。角田さんは私の一方的な話に静かにうなずきながら、こんなことを考えてくれていたのだ。

産後、初めて小説をAmazonで取り寄せた。ミランダ・ジュライの初長編『最初の悪い男』。少しずつ少しずつ読んだ。とてもヘンな話。第一稿は妊娠中に書き、産後二年かけて仕上げたというその長編は、いかにも「子どもを産んだばかりの母親が書いた」という話ではなく、むしろ、子どもをエイリアンか何かだと思っている人が書いたのでは、というぶっ飛んだ小説だった。そのことが痛快だった。

私は今感じられることを、今感じようと思った。ここじゃないどこか、をこのときばかりは封印して、私は子どもといることをつくづくと味わった。いつも三日坊主の日記が、育休のその間だけ、びっしりと書いて残っている。

籠った幸せに小さな窓が開いた。

今日もコップに1センチ

コップに1センチくらい飲み物を残したままにする癖があって、毎度夫に叱られる。

実家に住んでいた頃は、同じことでよく母に叱られてた。ということは、生まれてこのかた、1センチ飲み物を残し続けている。

なぜなんだ。

どうやら、飲み干すのが怖いらしい。「もうない」状態が怖い。ずっと「まだある」の状態でありたいらしい。

振り返れば自分は常にどこかで保険をかけている。勝負も旅も、引き返せる範囲までしかやらない。振り切ることがない。だから結果も、銀賞とか、サブリーダーとか、副部長とか、審査員特別賞とか、アシスタントマネージャー（なんそれ）止まりなんだなぁ。

二人目を産み、育休から復帰した後、アシスタントマネージャーの私はとんでもなく仕事が忙しくなった。乳児と幼児を保育園へ預け、仕事をし、日が暮れてから迎えに行き、ご飯を食べさせ、寝かしつけ、そこからまた仕事をしていた。自分の時間はほんの少しもなかった。

「会社を辞めて、ライターになって、空いた時間で小説家を目指す」

そのことを真剣に考えるようになった。でも、ライターになったところで、小説家になれる保証は何もない。会社は、新卒から働いていて、激務以外はとても居心地がよく、残業代もしっかり出て、福利厚生もきちんとしていた。でも、でもでも、でも！　コップ1センチの迷いがまた出てしまった。

背中を押してもらおうと、あるラジオ番組の人生相談コーナーに投稿したら、まさかの採用。ＤＪのお答えは――。

厳しいものだった。自分の甘さが恥ずかしくて、なかなか聞き返すことができていないのだけど、一番覚えている言葉は「ちょっと才能ある人なんて、ごまんといる」というもの。その中で、チャンスを摑むには、血のにじむような覚悟や努力がいる。あなたにはそれだけの思いが感じられない、と。

「あなたは今、本当に小説家になりたいの？」

耳が痛いというのは、このこと。私は本当に自分に甘い人間だ。地を這ってでも、という考え方自体できない。衣食住が満ち足りていないと、安心できず、土日はしっかり休みたい、子どもたちと遊びたい。なんなら、人生の一番の目的はべつに小説家になることじゃない。一度きりの人生で、できるだけいろんな味の飴玉を味わいたいと思ってきた。だからずっと、二流とか二軍止まりだ。オール4で生きてきた。

見透かされて悔しかった。図星だから、悔しかった。

その後、会社を辞めてライターになった。小説教室に通う時間ができ、何作か応募もできるようになった。でも、血のにじむような努力はしていないし、その覚悟もいまだない。いつも心にあの言葉が浮かぶ。

――ちょっと才能ある人なんて、ごまんといる。

気づいたことには、これは私の性格なのだ。こういうふうにしか私は小説を書けないのだ。退路を断つと決めて会社を辞めたとて、血のにじむ努力に向かうことはなかった。小説を書くのが好きだ。それと同じくらい、子どもと遊ぶのが好きだ。友だちと飲みに行くのが好きだ。

こんな私が小説家になるのは、到底、無理な気がする。そして今また、恐ろしいことに気づいてしまった。

人生のコップは、死ぬその日まで「まだある」の状態である。

だから私は永遠に、「でもいつか、このままの私で小説家になれる日が来るかも」と甘いことを思い続ける。そしてせっせと小説を書いたり、きゃっきゃと子どもと遊んだりしてしまう。困ったな。そのままで楽しそうなのがまた困る。
まずは、リアルコップを飲み干すことから始めてみようか。洗い物係の夫も喜ぶし。

子どもを陽にあてただけの今日

二人目が生まれて、育休に入り、また小説を書こうと思った。赤ん坊が泣いたらすぐに授乳できるように寝室の隣のウォークインクローゼットに一人用のこたつを置いて、書くことにした。

そこにぶら下がるほとんどの服が着られない。ワンピースは授乳できないし、スカートは自転車に乗れない。ジーンズは拡がった骨盤が引っかかって穿けず、白いシャツもこまかな刺繍の服も子どものどろんこの手やよだれで汚れるので着られない。それらはみな、文句も言わず、生まれてきた子の前にかしずいている。その優しいとばりの中で私は小説を書こうとする。

すると聞こえてくる。

ガァーゴォーという夫のいびき、すぴーすぴーという上の子の鼻息、すぅすぅという下の子の寝息。

しばらくじっと聴き入る。

夜、お風呂上がりの子どもたちに保湿クリームを塗っていたとき、芥川賞・直木賞のニュースが流れていた。受賞者はまた私より若い人だった。この人たちは、たくさん本を読み、たくさん考え、小説を書いたのだろう。濃厚で充実した時間が結実の時を迎えたのだろう。

一方、私が今日したことといえば、久しぶりのお天気だったので、赤ん坊をベビーカーに乗せ、いつもよりちょっと遠くてちょっと大きい公園へ散歩に行ったことだった。

散歩といっても、まだ子どもはつかまり立ちがやっとだ。ピクニックシートを敷いて、そこに座らせる。子どもはじっと空《くう》を見つめて、自分の拳の味を確かめている。小さなまあるい背中にそっと手を当てる。日なたを吸ってあたたかい。日差しを浴びれば、ビタミンDができるらしい。ビタミンDができれば、骨が丈夫になるらしい。

――この子を、どうぞ、お願いします。

何者にかはわからないけれど、祈りたくなって瞼を閉じる。日なたは私の瞼にも等しく優しい。

子どもを陽にあてただけの今日。

人生の中のエアポケットみたいな時間。

子どもが育ったとき、とくに感謝もされない、自分でも忘れてしまう、今日。

なんて贅沢な今日だろう。

この子が生まれたとき、コロナが猛威を振るっていた。家族の見舞いも禁止されて、上の子とも会えなくて、退院する日、しんと静まり返った街で、赤ん坊とタクシーに乗った。運転手さんが、赤ん坊を抱いた私を見て言った。

「今日ちょうど消毒をして、お客さんが最初のお客さんなんですよ。神様がそうさせたんですかねぇ」

コロナで外出する人がいなくなり、タクシー運転手が廃業に追い込まれているというニュースをその頃、よく見た。おじいちゃん運転手さんは、私と赤ん坊と、たぶん自分を、励ますように明るい声で言ってくれた。

「コロナなんかに負けてられないですね！　こんなおめでたいことがあるんだから、世の中まだまだ捨てたもんじゃないですよ」

ありがとね、と私は赤ん坊に心の内で語りかけた。

あなたが来てくれて、優しい世界が始まった。

あなたが来てくれたことの祝福を、忘れない世界を私は作る。

その決意の先にあったのが、陽にあてただけの今日だった。

先日、芥川賞を受賞された九段理江さんに取材する機会があった。

――村田沙耶香さんの小説に『コンビニ人間』ってありますけど、それでいえば私は〈小説人間〉なんです。24時間小説を書いています。〈小説を書く〉という行為を、文字を書いてそれが出力されて、って考える人が多いと思いますが、私は全然ちがって。音楽聞いている時間も寝ている時間も誰かと話している時間も、全部小説を書いていると思っているんですよ。

（好書好日〈【特別版】芥川賞・九段理江さん「芥川賞を獲るコツ、わかりました」小説家になりたい人が、芥川賞作家になった人に聞いてみた。〉より）

その原稿を書きながら思った。私もきっとあの日々に、小説を書いていた。

無頼派になれなくて、宵越しの金もちたくて

「小説家になるために、会社を辞めてフリーライターになる！」と決めたものの、一番不安だったのはお金のことだった。

私の家は父が三十八歳まで定職につかず（つけずともいう）、大黒柱だった母は心労で胃の三分の二を切除し（本人談）、ことあるごとに「うちは貧乏だからね」と刷り込まれて育ったので、もともと「お金がない」ことにかなりの恐怖心がある。

忘れられないのは、近所の友だちが駄菓子屋でお菓子を買っても自分は買えず、でもなにか食べたくて、砂場に落ちていたかっぱえびせんを口に入れたことだ。あのときは自分でもなにか大事な一線を越えてしまった気がして、「貧乏」と聞くと、あの萎《しな》びたえびせんと、じゃりじゃりとした砂の感触が舌に哀しく蘇るのである。

思えば、あれは「鬼が来るぞ」とか「橋の下で拾ってきた」と同種の脅しというか戒めのようなもので、たぶんかっぱえびせんも頼めば普通に買ってもらえたんだろうが、とにかく

私には貧乏への恐怖が根強くあった。某生活情報誌の編集部に長年いたおかげで、年金問題や家計管理について耳年増なところがあり、小説家といえば無頼派なのに、財布のひもは常に固く、家計簿だって独身時代からちまちまつけている。思えば入社して三年周期くらいで今年こそフリーランスになる、と毎度毎度思っていたのに十七年もぐずぐずしてしまったのも、お金のことが超心配だったのだ。できれば私だって胃を三分の二切除しなくていい人生がいい。

子持ちで、家を三十五年のペアローンで買ったばかりで、目指す業界は先輩ライターから年賀状で「やめたほうがいい」と止められるほどの大不況。ひと記事三千円くらいで請け負うようななんちゃってライターも増え、物価は上がっているのに、ギャランティは下がる一方。これは自分が発注側にいたからよくわかる。

なかなか踏み出せずにいたとき、ファイナンシャル・プランナーに無料相談できる機会が訪れた。恥を忍んで「会社を辞めた後、月何万円稼げば老後破綻しないのか知りたい！」と相談した。

これまでの夫婦の貯蓄、資産、ローン、保険、夫の収入状況、毎月の平均支出などをお伝え。これに、私の想定退職金、そして毎月夫の扶養内で十万円稼いだバージョンとばりばり三十万円稼いだバージョンで、ライフプランを立ててもらった。子どもは高校までは公立、大学は私立や留学、院に進むこともありえる設定にしてもらい、年一回の海外旅行も加えてもらった。その結果は……。

「清さん……、あなたが月十万円・六十五歳まで働いた場合……、八十五歳で老後破綻します！」

ええっ！

そこまで大丈夫なの⁉

「はい、さらに退職金等をiDeCoやNISAに回せばこの老後破綻も避けられます」

なんと……なんとなんと……。月十万円なら、ライターがたとえ閑古鳥だったとしてもなにかしらのバイトで稼げるんでは……？　保育士資格も持ってるし。

この日から私の「退職」という選択肢は一気に現実味を帯びたのだった。

この結果が得られたのは、夫も私も贅沢やブランド品に興味がなく、貯蓄がある程度あったことが大きかったもよう。貧乏性に育ってよかった。砂混じりのかっぱえびせんを齧った甲斐があった。

そういえば、夫に出会ったとき、趣味を聞いたら「貯金」と言ってたな。私も私で独身時代、同僚が恵比寿の月十四万円のマンションで暮らすなか、西荻窪の月五万六千円の元女子寮で暮らしていた。しかも白い出窓と猫の来る庭のある、夢みたいなところだったんですよ！（話それた）あとは会社員時代の激務！　残業すごいけど残業代は全て出るブラック＆ホワイトな会社だったおかげで使う暇もなくて貯まっていたのだ。

ありがとう！　社畜だった自分！　ありがとう！　趣味が貯蓄の夫！
そして私は十七年越しに「会社辞めます」と言えたのだった。

が、人生はそう甘くない。このあと、物価はどんどん高くなった。毎年一回の海外旅行？　なあに寝ぼけたこと言ってんだ！　って感じ。二歳から飛行機代はかかるんだぜ。
清は今日もせっせとアプリで家計簿をつけ、初回無料で何かを始めては解約を忘れて地団太を踏み、怪しい海外の通販サイトで安物買いの銭失いを繰り返し、頼んでもないPayPayの抽選の「残念！　はずれ」に微妙にイライラし、振り込まれたギャランティを手帳に書き写しては、なんとか老後破綻しないという試算を導き出し、やっと眠りにつくのだった。

小説家になれない完全なるアリバイ

これまで、作家さんに取材するたびにこすい私が胸の内でチェックしていたこと。それは、子どもがいるかどうか。

子どもがいる作家さんももちろんいる。その場合は次のチェックをする。

子どもが何歳か。うちの子たちみたいに幼児かどうか。

食べるのもうんちするのも眠るのもお手伝いがいる、ちっとも目を離せやしない幼児を育てているのか、自立した少年少女を育てているのかで全く違いますからね。

たとえば朝の私にはパンの耳を食べるという仕事がある。下の子がパンの耳は「がぎがぎしてててたべられないの」と言うので、パンの耳をなるべく身をのこすようにちぎっては食べるという集中力を要する仕事だ。そんなことしてたら甘えた子に育つ、という意見もあるだろうが、ここで無理に食べさせようとすれば、二十分はぐずることが確実。これは合理的判断なのである。

子どもがイヤイヤ期だったときは大変だった。何がスイッチになるかわからない。靴のベルトを付け直しただけで阿鼻叫喚《あびきょうかん》、おやつの袋を開けて渡しただけで地獄絵図。「あ、ちがったよねっ、自分でやりたかったよねっ、ごめんねっ、ごめんねっ」とオロオロなだめていたら、傍で見ていた友人が「繭ちゃん、モラハラ夫に怯える妻のよう」と笑ってた。

さて、幼児を育てる作家さんももちろんいる。その場合は次のチェックに進む。

子どもは一人か、複数か。

言わずもがな、複数のほうが大変だ。

雨の月曜日は最悪だ。子どもにカッパを着せ長靴を履かせ×2、雨用カバーをかけた自転車に前十五キロ、後ろ二十二キロの子どもを乗せ、保育園の一週間分の着替え、おむつ、お昼寝用のタオルケット一式×2をしょって、中国雑技団みたいな有り様で保育園に行かなければいけない。ふつうに危ない。雪が降るとスリップが怖いので徒歩で連れて行く。すると子どもたちがそれぞれのペースで盛大に寄り道をし、もちろん小競り合いも勃発し、道に落ちてる錆びたキーホルダーを「たからものにしていい？」と言うのを諦めさせ、自転車なら五分の保育園に辿り着くのに三十五分はかかる。下の子のイヤイヤ爆発をなんとかなだめたと思ったら、今度は待ち疲れた上の子がグズグズしだし、それをなだめているうちに下の子がやきもちを焼いて……と二人がぐずりの永久機関と化すこともある。ほんとにみんな、お疲れさまだよ。

おっと、このチェックも忘れてた。作家さんはママなのかパパなのか。

先に断っておくと、うちは家事も育児も分担制。夫の家庭内での働きに不満はない。ただ問題は、カスタマー側のニーズである。あちらさんがどうしても「ママじゃなきゃダメ」と指定してくる。靴下を履かせるのも、絵本を読み聞かせるのも、お風呂に一緒に入るのも、ご飯を食べさせるのも、とんとんするのも、オンリーわたくしめにご指名いただく。これがキャバクラだったなら、今ごろ私はタワマン住んでる。

何度か子どもに伝えている。「ママじゃなきゃってたぶん勘違いじゃないかなあ。ダダがやってもおんなじことだと思うけど」

ひよこが最初に見たものを親だと思うように、乳をやれるのが私だけだったせいで、「自分の世話ができるのはこの女」と刷り込まれてるんじゃないかと思うのだ。もう君たち卒乳してずいぶん経つし、その刷り込み、解除してくんないかな。だが、今日も彼らは口を揃える。「ママがいいー!」

最後はこのチェック。

子どもが幼児だった時点で作家さんは兼業だったか、専業だったか。

ここまでくると、ほとんどの人が脱落する。というか今のところ、私の知る限りでは全員脱落。いや、脱落ってなんだよって話なんですけどね。

朝起きて八時半に保育園に送り届けるまでは育児、家に戻って十七時半までは仕事、保育園に迎えに行って子どもが寝る二十一時半までは育児。小説に割ける時間は二十一時半から零時の二時間半だけなのだ。それだって夜泣きや仕事の締め切りで毎日は取れない。私にだって、育児にも小説にも仕事にもなんの関係もない韓国ドラマを見る時間が必要だ。人間だもの。

そして完成してしまうのだ。完全無欠な言い訳が。つまり、フルタイムの仕事をし、幼児を複数育てている状態で、小説家になった人はいない。私ってばむちゃくちゃハンデ背負ってるやん、と言いたい。言える。言えてしまう。ていうか割と事実。小説が書けないとき、寝落ちしてしまったとき、もっと言うと、文学賞に落ちたとき、私は私の力不足とか根性不足とか以外にも、逃げてしまえるのだ。やっぱり今じゃないのかなあって。

だから、じつは最近待ち望んでいることがある。フルタイムの仕事をし、幼児を複数育てている状態で、小説家になった人にインタビューしてみたい。そんで、ガツンとやられてみたい。

子どもを育てることは、私にとっては素晴らしいことで、悲願だった。「小説家になるか母親になるか」どっちかひとつ選べと神様に言われたら、「母親」と即答する。なんなら、体さえ許せばもう一人産みたいくらいだ。だから「育児さえなければ」と思うことはない。

でも、「あの人が小説家になれるのは、育児（と仕事）をしてないからだ」とは思ってしまう。それから、「今じゃないのかな、もっと子育ての手が離れたときに再挑戦しようかな」というのも思ってしまう。

いやぁね。

言い訳の必要がないくらい、「書きたい」があるのが正しいんだろうな。

名前を失くして、続けて、見つける

「変わってるよね」「人との距離近いよね」的なことを言われたとき、「帰国子女だから」と答える。これは半分ジョーク。だって私、半年しかいなかったもの。

高校二年生のとき、親の仕事でドイツ・ミュンヘンへ行くことになった。妹は義務教育内の年齢だったので現地の日本人学校へ通い、兄は兄で語学学校に通っていたけれど、私は留年を避けるため、日本の高校に籍を置いたまま欠席状態。つまり半年間、ミュンヘンでニートをしていた。学校に行ってないと、友だちも作れないので、基本一人で美術館や公園をブラブラする毎日。今思い返すに、なんと贅沢な時間だったんだろう。

ある朝、起きたら雪が積もっていた。私は一人で国立公園へ散歩に行った。馬車も通るほどの広大な公園、というか、森だ。雪の降った早朝に、森に来る人はいなかった。少し歩くと、野原に出て、そこは見渡す限り、真っ白だった。色を持っているのは、私だけだった。圧倒的に、ひとりぼっちだった。

家を出るとき、家族に言ってこなかった。もし私がここで死んだら、だあれも私のことわからないな、と思った。この国には、私の名前を知っている人が、だあれもいない。今、私はどこにも所属していない。家族にも、学校にも、国にも、どこにも。

そのとき、気づいた。

私の名前は、誰かが呼ぶから私の名前になる。

私と名前はくっついていると思っていたけど、私には、名前なんてなかったんだ。だから、なんにでもなれる。どんな名前にもなれる。どう呼ばれるかは、私が決められるんだ。

すごい発見だった。圧倒的にひとりぼっちで、さみしくて、幸せだった。

木の枝にたまった雪がどさっと落ちる音がした。

帰国後、私は人懐っこさが渡独前の五十倍くらいになった。ここは母国。相手の話している言葉がわかって、こっちの話している言葉も通じる。それなのに、繋がらないなんてもったいない。

そして、相手の肩書きが全く気にならなくなった。その人は、その「人」なだけで、肩書きはその人ではないから。社会通念上、わざわざ表明はしないけど、根底はマジのマジで、「人類みな、ただの人」と思ってる。これはいい方に転ぶことの方が多いけど、悪い方に転ぶこともある。馴れ馴れしいとか、生意気とか、傲慢とか、上からとか、そういうふうに受け取られることもある。でもだいたい、うまくいく。みんなだって、みんなと仲良くしたいから。「仲良くしたい」から始まっているはずだから。

ある日、ミュンヘンの雪の野原に、名前を失くしてきた。

無限な私になった。


先日、子どもが「漢字を書いてみたい」と言うので、子の名を見本で書くと、嬉しそうに真似して書き、「つぎはママのなまえ!」と言うので、「〈繭〉は難しいよ～」と言いながらも見本を書いた。

「できた!」

得意そうに見せてくれたノートには、「繭」の字と、「きよしまゆこ」というひらがなが書かれてあった。

その瞬間、なんだかすごく嬉しくて。

子どもを寝かしつけた後、またそのノートを開いて一人で眺めてしまうくらい嬉しくて。

自分の名前を、子どものかわいい字で一生懸命書いてもらったのが嬉しいのかなと思ったら、それだけじゃなくて、「きよしまゆこ」と書いてくれていたのが嬉しかったんだと思う。

現在、私の戸籍名は「清繭子」ではない。苗字が、夫の苗字になっている。

私が結婚してから知り合った、近所の人や保育園の先生はみんな私のことを夫の苗字で呼ぶ。子どもの苗字も夫の苗字だ。レストランの予約も旅行の予約も夫の苗字でする。

入籍後、クレジットカードや銀行口座の名義変更の手続きをするたびに、ムカムカとしていた。

――なんで結婚したからって、名前を捨てなきゃいけないの？

ミュンヘンでは世間的な名前を失くした私だが、「清繭子」という呼称には愛着を持っていた。昔から、名刺交換などで「すてきな名前ですね」とか「芸名みたいですね」と言われ、この名で得することも多かった。

だから結婚後も会社では「清繭子」を名乗り続けることにした。のちにフリーライターになったときも開業届の屋号の欄に「清繭子」とくっきり書いた。

そうして「清」の表札を注文し、夫の姓の表札と並べて貼った。

結婚以来ずっとそうしたかったことに気づいた。

私のこれまで編集してきた本はみんな奥付に「清繭子」と載っている。子どもにはそれを見せながら、「ママの本当の名前はきよしまゆこなんだよ〜」と話してきた。それを子どもは当たり前に受け入れて、ノートにママの名前として「きよしまゆこ」と書いてくれた。だから、あのとき、あんなに嬉しかったんだ。

夫婦別姓さえ実現していれば、こんなことそもそも感じなくてもいいはずなのに！　というふうには、じつはあまり思っていない。この先、夫婦別姓が実現しても、私は名前を戻さない気がする。なぜなら、二つ名前があることにメリットも感じているから。

たとえ、「清繭子」がなんかやらかしても、私は戸籍名の陰に隠れることができる。社会的な名前ができたことで、本名の「清繭子」が自由になったように感じている。そう、私はあくまで本名は「清繭子」の方だと思っている。

もうすぐ表紙に私の名が載った本が出る。書店で私の名前を見つけたら、きっと泣いてしまう。

お子さまランチの景品と小説の推敲と

真剣に考えていた。

ガストでは、お子さまランチを頼むと一食につき、1ポイント（以下、P）がもらえる。3Pでアンパンマンのマグカップやお皿と交換でき、5Pではアンパンマンの密閉容器、アンパンマンのしゃもじ&しゃもじスタンドなどと交換できる。景品はシーズンごとに変わっていく。

手もとに10Pあった。3Pの景品は、マグカップと角皿withアンパンマン。5Pの景品は、レンジ対応の密閉容器withアンパンマンである。

マグカップ（3P）を二つと、角皿（3P）一つの計9P使うか、密閉容器（5P）と角皿（3P）の計8Pにするか——。

以前、アンパンマンの丸皿をゲットしたときは、子どもがたいそう気に入って、今やおままごとのヘビロテアイテムになっている。だから角皿は必須で入れておきたい。マグカップは陶器だから子どもには重いかも。密閉容器は普通に便利だしな。悩みに悩んで、密閉容器と角皿に決める。これらを持って帰ると、また一歩、おしゃれな暮らしから遠ざかる。そうわかっていても、もらわないという選択肢はない。

昨夜私は、小説を深夜一時半頃まで考えていた。

誰に頼まれたわけでもない、何になるかもわからない、たぶん何にもならない小説を書いていた。

父・母・兄・妹の四人家族の話にしようと進めていたが、突然、もっとシンプルにもっとじっくりと書きたくなって、妹はいない設定に変えた。父・母・息子の三人の話。

書き直してみたら、しっくりきた。まだまだ粗いけれど、三人に減らしたことで、テーマが際立ってきた。よしよしよし……とかって考えていた私と、いじましくアンパンマン食器の組み合わせを検討している私は、完全に共存している。

ふっふっふ……。

ママ友と遊んだ話をすると、「ママ友って怖そう」「めんどくさそう」という反応をされることがある。もったいないことだと思う。大人になってから職業も年齢も出身地も全然違う人と友だちになれる機会はそうない。それが、ただ同じ時期に子どもを産んだというだけで知り合えるのだ。

会社員をやりつつアクセサリー作家として活動する子、地域のソフトボール部に入っている子、ドラムが趣味の子、脱サラしてニューボーンフォト専門のカメラマンになった子……。ママはママだけやってるわけじゃない。野菜を炒めながら頭では捕球のイメトレをしているママだっているのだ。

それを知ってから街を見渡すと、交通整理のおじさんも、萎びたカートを押してるおばあさんも、居酒屋で呼び込みしているお兄さんも、みんな私のあずかり知らないところで夢や野望を持っているのだと気づく。誰にというわけでもなく、ニヤつきたくなる。

今夜も、たくさんの超平凡な超庶民で超いじいじとした超普通の生活の中から、たくさんの詩や哲学や物語が生まれるんだろう。私たちはいつでも、私たち自身の裏をかくのだろう。

「小説なんて書いてないと思ったでしょ。書いてるんだな、それが」

「生活にくたびれ果ててると思ったでしょ。詩を考えてるんだな、じつは」

私たちは、私たちが思うより、味わい深い人間なのだ。

逆もまたしかり。

小説やら承認欲求やらに疲れた心は、じつはファミレスのポイント交換に救われているのである。

柔く握る

上の子の小学校入学式の朝、雨予報が嘘のように晴れていた。予報が変わったのかと期待して、アレクサに聞いてみるとやっぱり昨日と同じ。〈今日は一日中、断続的な雨が降るでしょう〉と慎ましやかに、かつ、はっきりと告げる。入学式は午後からだ。もうすぐ下の子の保育園の時間。これは、写真を撮るなら今しかないのでは？

今年は桜の開花が遅れて、今がちょうど見頃。満開の桜の下、学校生活に胸膨らませ、ランドセルを背負う一年生とそのきょうだい、二人を優しく見守る両親。最高の家族写真――撮りたい！

さも決定事項のように「さ、おめかしして桜の写真撮りに行くよー！」と明るい声で宣言する。「えー」とめんどくさそうな、子ども二、夫一の顔、顔、顔。

「入学式にちょうど桜の見頃が来るなんて、こんなチャンスもう二度とないよ！　一生の記念だよ！」

そう言う私を誰も見てない。子どもは口を開けてEテレ見てる。思いついたら絶対にやる私の性格を知ってる夫は、渋々と髭を剃り始める。

なんとかなだめすかして着替えさせ、子どもたちを夫と私のママチャリに一人ずつ乗せ、近所の公園を目指す。滑り台の上に桜の大木が枝を広げていて、ここに子どもを立たせて下から撮ったら、いい画《え》になるはずだと前からあたりをつけていたのだ。

が、実際に行ってみると、背景の立体駐車場がいかんともしがたい。もっと……。もっと、開けたところへ！

「こっち！」〈桜スポット〇〇駅〉でググった夫の案内でまた自転車を漕ぎ出す。

延々と続く桜並木。はらりはらりと花びらが落ち、とても美しい……が、道路の真ん中でポーズをとるわけにもいかず、歩道側では民家が写り、家族写真には向かない。

「んー、じゃあこっちなら！」さらにググった夫の案内で、近隣の小さな植物園へ。度重なる進路変更に、飽きた子どもたちがぐずり始める。

「ここでラストにするから！　ここがダメだったら諦めるから！」

保育園の登園時間のリミットもあり、今通ったばかりの桜並木を爆走で引き返す。

果たして植物園には、満開の桜、の下に満開のチューリップ畑、という映え凄まじい隠れスポットがあった。

でかした、夫よ！

さっそく子どもを自転車から降ろして「はーい！　ポーズしてー！」と言うと、恥ずかしがりながらもきょうだいで五カットほどポーズを決めてくれた。さあて今度は親との写真を……。

「次はダダと並んでみようか～」と言うと上の子がぐずり出す。飽きたのだ。式のために買ったおしゃれ着で地面にへたり込み、「つかれたぁ」と断固ポージングを拒否。下の子の登園時間も気になり、私はイライラし始める。

「◯◯ちゃんのために、みんな朝からおめかしして自転車漕いできたんだよ！　ちゃんとやってよ！」と思わず大きい声を出す。ますます子どもはへそを曲げ、完全に逆効果。これじゃダメだ、と今度は優しい声で「ママ、◯◯ちゃんの写真をばぁばたちに見せたいの。ばぁばたち遠くで入学式に来れないから」と泣き落としで攻めてみるが、子どもはしゃがみ込んだまま動かない。下の子までも「おなかすいたぁ～。おかし～」とごね始める。上の子が引っ掻いたせいで、久しぶりに穿いたストッキングに伝線が走る。ブチッ。

上の子の腕を引っ張り上げ、

「ちょっと！　立ってよ！　その服で地面座らないで！」

怒鳴ってしまう。夫がすかさず「大きな声出さないで。写真きらいなんだよねぇ、わかるよ～」と子どものフォローに入る。それでまた、私のダメ親ぶりが露呈して腹が立つ。

「もういい！　諦めた！　帰ろ！」とイライラしたまま、自転車に乗る。子どもはシクシクしだす。泣かせてしまった。こんなことで。

あーもー、なにをやってるんだ、私は。

家へ引き返す自転車を漕ぎながら、なんとか私はいい母親になろうとする。

そうだよな、写真を撮りたいのは私だもん。この子じゃないんだもん。この子のためというふりをしても、これは完全な私のエゴなんだ。

言い聞かせて、胸の中の悪い私を追い出すように、ふうふうと息を吐く。それでも急には優しくできない。夫に緩衝材になってもらいながら、なんとか仲直りしてもらうのだ。

子どもを産む前は、虐待のニュースを見るたびに「だったら私に育てさせてよ」と思っていた。今は、私だって一歩間違えたらあっち側に行くのかもしれないと思っている。

私と子どもの関係の中に、夫という第三者がいなかったら、どうやって私は私の癇癪《かんしゃく》を止めたらいいのだろう。他人《ひと》の目があるから、思いとどまれる。誰かが気をそらしてくれるから、冷静になれる。虐待者の中には、一人で育児をし、ささいなきっかけでダークモードのスイッチが入り、そこから戻ってこられなくなった人もいるのではないか。私だっていくらでもそっちに転がる可能性はある。

入学式のあと、親から離れ、初めて会うお友だちと一緒に席につき、初めて会う先生のお話を聞いた子どもは、迎えに来た私を見つけて走り寄り、ぱっと手を繋いだ。その指の小ささに、あらためて今朝の自分に腹が立った。

私は私という母を信じないでいようと思う。

私という母はいつでも間違え、子どもを傷つける恐れがある。

そのことを肝に銘じ、できるだけ柔《やわ》くその手を握り返す。子が私を嫌になったらいつでも振りほどけるように。

みんな、えらい

この産院で子どもたちを産んだ。

穏やかなベージュで統一された待合室には、お腹の大きさがさまざまな妊婦さんたちが静かに呼ばれるのを待っている。空気清浄機のコポコポした音とワイドショーの賑やかな声が混じりあって、その彼方に赤ちゃんの泣き声が微かに聞こえる。壁には、「エコー動画がスマホで見られます！」というポスターが貼ってある。私の時にはなかったサービスだ。「ニューボーンフォト無料1カットプレゼント」このサービスも以前はなかった。受付の看護師さんたちは、前と変わらない顔ぶれで、相変わらずきびきびと、でも感じよく働いている。

私は流産の確認に来た。

もう六週目になるはずなのに、胎嚢《たいのう》が確認できなくて、そのうち激しい腹痛と、出血があり、祈るようにかかりつけ医に駆け込んだけれど、やっぱり胎嚢は見つからなかった。内診台のカーテンの向こうで、先生が「ウーン」とうなるのが聞こえた。流産か、子宮外妊娠か。

いずれにせよ、赤ちゃんを抱きしめる未来は来ない。

子宮外妊娠だったら手術が必要になる。血液検査で妊娠持続ホルモンが出ているかどうかを見てからの判断となり、一日待って、その結果を聞きに来た。その間にもどんどん血は出ていって、週数の数え間違いかもしれないというわずかな望みを、私はゆっくりと暗い水の底へ手放していった。

今日の担当は、院長先生だった。検査結果の紙を渡され、「残念だけれど、自然流産ですね。ホルモン値が下がっているので」と数値を丸で囲んだ。昨夜、さんざん症状をネットで調べた中に、産婦人科医のブログがあって、「一日一件は必ず流産の患者さんを診ます。それほど流産はよくある自然なことです」と書いてあった。院長先生は予約しても一時間待ちになるほどいつも忙しい。先生なら一日一件どころじゃないかもしれないな。早く自分の番を終えて、次の人に替わってあげないといけないな。だけど院長先生は、ゆっくりと聞いてくれた。

「なにか心配なことはない？　聞きたいことはなんでも聞いてください」

ちっとも慣れた感じを出さなかった。きちんと私に起こったことに時間をとってくれた。一秒だけ瞼を閉じた。目の奥にあるたっぷりとした海を感じる。その一秒を先生がくれた。

診察が終わり、お会計を待つ。赤ちゃんを抱いた夫婦がいる。産後健診に来たんだろう。嫉妬の気持ちは湧かなかった。小さな小さな赤ちゃん。無事に育ってほしいと心から思った。

そう思えるのは私にすでに子どもがいるからかもしれない。まだ胎嚢すら見ないうちに流れたからかもしれない。

待合室には、いろんなお腹の大きさの妊婦さんがいる。私と同じで、妊婦さんに見えて、今日まさに流産した人もいるのかもしれなかった。心拍を確認できたあとに流産する人もいるだろう。不育症でこの悲しみと苦しみを何度も繰り返し味わう人もいるだろう。ここにたどり着けず、たった一人、トイレで泣かない子を産み落とす人もいるだろう。望んでも授かれない人、授かっても産めない人、望むこと自体を自分に禁じている人もいるだろう。望んだことがないことに孤独を感じる人もいるだろう。

私はこんなふうにこのことを文章にすることができる。だけど、ほとんどの人は、黙って人知れずやり過ごしている。そのことを、これからも忘れることはない。

私たち、みんな、えらいよ。

第三章

恋はやけくそ

妹よ

私には妹がいる。はっきりいって、むちゃくちゃかわいい。

妹がやってきたとき、あまりにもかわいくて足をぱくっと食べたら「お兄ちゃんもまゆちゃんにおんなじことやってたよ」と母が言った。

学校から帰ると、真っ先に妹が寝かされているえんじの座布団に飛んでいき、一緒に横になったり、髪の毛の匂いを嗅いだり、布おむつをせっせと畳んだりした。妹がよちよち歩くようになり、一緒に公園で遊べるようになると私はみんなに妹を見てほしくてしかたなかった。当時「フルハウス」というドラマが教育テレビでやっていて「うちの妹、ミシェルに似てんねん」と言ってまわった。相手の反応は覚えていない。どうでもよかったからだ。私の中で妹がミシェルに似ていることは、「似てると思わへん？」じゃなくて「似てんねん」だった。

妹はアトピーがひどかった。夜、かゆくて眠れなくて二段ベッドの下で泣くのである。かき壊し防止に巻かれた包帯がかわいそうでならなかった。私は妹にホットミルクを作って飲ませ、妹の赤くなった肌を触れるか触れないかの重たさでゆっくりゆっくり撫でた。私が独自に編み出した撫で方だった。そうすると妹は少し気持ちが和らぐようだった。

妹は私を優しい姉にしてくれた。何かを誰かにしてあげられることは、とても幸せなことだ。心が満ち足りる。自分がこの世界にいてもいいように思う。そのことを最初に教えてくれたのは妹だと思う。

そんな私を妹も憎からず思ってくれた。

妹が小学校の宿題で先生に「私の家族」を順番にイラスト入りで紹介した。そこで紹介された私は、目がキラキラで鼻もツンと高くて、「おねいちゃんはびじんです」と書いてあった。その時私は「BNW」(後述)を結社するほど己の見た目に悩んでいた。妹から発信される物事には全肯定する私だが、そのときばかりは「妹よ、私の容姿は並、いやどちらかといえば中の下なのだよ」と諭した。妹は「まさか」という顔をした。その表情は後々まで私の心をあたためた。

東京の大学へ行くことになり、妹とはしばらく離れて暮らした。

そのうちに妹は中学生になり、高校生になり、そして私と同じ大学に通うことになって、二人暮らしをすることになった。しばらくは、大きくなった妹とどう接していいか戸惑った。妹に恋人ができるとショックでその話題は聞こえないふりをした。そんなわけで、別れているもののやむを得ぬ事情で同棲を続行するカップルのようなよそよそしさで暮らしていたが、その間にもやはり妹は素晴らしいと思う日がたびたびやってきた。

そのとき私は、会社の先輩から「北の国から」のVHSを借り、それを休日にご飯を食べながら見るのにハマっていた。隣で一緒に妹も見る。私はぼろぼろ泣くのだが、妹はうんともすんとも泣かない。「これがゆとりってやつなの……？」と寂しく思った。

その日もぼろぼろに泣き、放心状態の私のそばで、妹は黙って皿を洗い始めた。その肩が震えていた。

「……純のこと考えてたら、泣けてきた」

妹は腹の中にまるまると「北の国から」を入れて、それをしっかりと自分だけで味わって、泣いたのだった。私の号泣より、本物の涙だった。

以来、私は妹という人間を信じている。やつはほんものだ。

その後、妹は就職し、私たちは同居を解消した。何年か経ち、彼が結婚を申し込みに私の家族に会いに来た。スーツを着て正座をして、ドラマでよく見るあの感じで彼は言った。

「繭子さんと結婚させてください」

シーン……。

清家のみんなは、初めての経験でどう答えていいかわからなかったのだ。そういえばドラマでも「ＮＯ」パターンは見るが、「ＷＥＬＣＯＭＥ」パターンはなかなか見ない。うちの家族はイデオロギー的に「こんな娘でよかったら」的な言い方はしない。定型句が使えないのである。そのとき、間の抜けた声がした。

「どうぞぉ〜」

妹だった。その「どうぞぉ〜」で一気に場は和んだ。ありがたかった。

そんな妹が死にかけたことがあった。

私が小学生、妹が幼児だったとき、「マーサごっこ」という遊びをよくした。「マーサ」というのは『秘密の花園』に出てくるお手伝いさんの名前で、一方がお嬢様、一方がマーサになって、家にあったベルを鳴らし、「マーサ！　○○を持ってきて」「はい、お嬢様」というやりとりを繰り返すのだ。妹は世話焼きでマーサ役をやりたがり、私は私で寝そべっているだけで『ちびまる子ちゃん』の6巻とか、麦茶とかが出てくるので大変ウィンウィンな遊びだった。

その日も私がお嬢様で妹がマーサになり、妹はいそいそと私の所望する『ちびまる子ちゃん』を本棚へ取りに行った。すると何かがぶつかる音と妹の大きな泣き声が聞こえ、私は慌てて見に行った。妹の頭から血が噴水のように出ていた。本を取ろうとかがんだ妹の頭上に、壁にかかっていた絵画が降ってきたのだ。しかも角っこが。

初めて人間の頭から血が噴き出すところを見て、私はあまりの光景に、ブドウゼリーをパカッとのせたみたい、などと考えた。それと同時にとにかくティッシュで噴水（噴血？）を押さえた。そして母を呼んだ。あのときは「世界の中心で、愛をさけぶ」の森山未來より絶叫したと思う。トイレに行っていた母が出てきて、すぐに救急へかかり、妹は助かった。

妹はこれ以外にも倒れてきた本棚の下敷きになりかけたり、火事に遭いかけたり、車にひかれたりした。妹の頭や足には今も傷跡がのこる。しかし、妹はいつも生き延びてくれた。私は、そのことだけでも、かみさまにありがとうと言いたい。その後、かみさまなんているもんか、ということが何度も起こったが、妹が今もこうして生きていてくれる世界なのだからそのことには感謝している。

私には妹がいる。はっきりいって、むちゃくちゃかわいい。

そして、小説家になりたくなった

「小説家になりたい人」を自称して連載までやってる私だけれど、いったいいつから「小説家になりたかった」のだろうか。「物心ついたときからずっと」とか「小学校の卒業文集にはすでに」とか言えたらかっこいいなと、つらつら昔を振り返っていたら、思い出してしまった。

私が抱いた最初の将来の夢。それは、黒柳徹子。は？　え？　あ、聞こえませんでした？　もう一度言いますね。

それは、黒柳徹子——。

黒柳徹子に、おれはなる！

家族で毎週見ていた「日立 世界ふしぎ発見！」。そこでいつも着物を着て、黒電話みたいな髪型をしているミステリアスなおばさんは、毎回クイズに正解し、ヒトシ君人形をずらりと並べ、エジプトのスカラベの金のネックレスとか、パリのオードトワレとカメオのブローチとか、高価そうな「トップ賞」を毎週ゲットしていて、すごく羨ましかった。

母が言うには、この人は俳優で、『窓ぎわのトットちゃん』という世界中で読まれる本も書いた人で、ユニセフ親善大使という世界中の子どもたちを助ける仕事もしている、ものすごい賢い人らしい。

すごすぎるやん、くろやなぎさんって。

だから私は、黒柳徹子になることにした。

徹子さんのなかの「トップ賞を毎週もらえる」ところに一番憧れていたので、まず、有名人になって「世界ふしぎ発見！」に出してもらおうと思った。なあに、家族中から「かわいい！」と言われている私だ。すぐに世に見いだされる日が来るだろう。と、中にラムネが入っているおもちゃのマイク片手に、作詞作曲・清繭子の歌を歌いまくっていた。大阪の古墳がぼこぼこ生えているのどかな町のマンションの一室で。声がかかるわけもなかった。

だんだん世の中の事情（自分をかわいいと言ってくれるのはなぜか親族だけだということ）に気づき始めた私は、アイドルは諦めて絵本作家になろうと思った。『窓ぎわのトットちゃん』みたいなすごい本を描いて、最年少絵本作家として「世界ふしぎ発見！」に出演するのだ。徹子さんは言うだろう。「ああたの絵本、面白かったわ。今度、『徹子の部屋』にもいらっしゃい」

小学校の担任の先生との交換日記に「ピーマン王こくきいっぱつ！」という物語を描き始めた。お察しのとおり、ピーマンがヒーローとなり、悪と戦う、野菜をテーマにした教育的配慮もなされた壮大な物語だ。先生はもちろん褒めてくれた。褒めるしかないものな。しかし、結局完結させられなかった。私は致命的に根気がないのである。

そうだ、漫画家になろう！　最年少少女漫画家として「世界ふし…（以下略）。六年生で漫画クラブに入り、アルシンドとラモスが出てきて、失恋した女の子が工藤静香の「慟哭」を歌う恋愛漫画を描き上げた。が、「りぼん」の応募要項を見たら原稿サイズがうんたらかんたら、Gペンが、スクリーントーンがうんたらかんたら、とあって、すっかり面倒になった。なにより私の漫画は、主人公の顔が毎回微妙に違っていた。むしろ漫画家の人はなぜ同じ人物を何度も描けるのか。私が描き分けられたのはアルシンドとラモスだけだった。漫画家になる夢は諦めた。

中学もいつのまにやら最高学年になり、所属している演劇部で脚本を書かせてもらうことになった。渾身の作を全校生徒の前で上演し、自分のために書いた独白シーンをうっとりしながら演じた。静まり返る場内、オレンジのスポットライト、響く自分の声。カ・イ・カ・ン……☆　決めた、私、実力派俳優になる！　そうだ、「世界ふしぎ発見！」にはドラマの番宣でゲストとして出ればいい。徹子さんに楽屋挨拶に行ったついでに演劇論を交わそう。

「ああた、なかなか見所があるわね。今度、うちの舞台にいらっしゃい」

第三章

恋はやけくそ

高校も演劇部、大学では劇団に入った。ところが、その劇団が空中分解。就職活動とも重なって、自分はこのまま普通のサラリーマンとして生きていくのか、いやそもそもサラリーマンにすらなれるのか？　なんて思いながら歩いていたら、倒産した出版社がそこに献本されてきた本を「ご自由にお持ち帰りください」と開放しているところに出会った。昔から、信号が青になるとそっちの方向に用事がないのに渡ってしまうほどお得にヨワい私は、もはや照明も切られたその会社に吸い込まれていき、何冊も何冊も小説を持ち帰った。

そこで出会ったのが、角田光代さんの『愛がなんだ』だった。

衝撃を受けた。こういうとき、十人中八人くらいが思うことを私も思ってしまった。

――これは、私の、ことだ。

興奮のままに角田さんのプロフィールを調べると、なんと私と同じ大学の卒業生で、在学中に作家デビューしたとあった。こ、これだ！

まさかそこまでバカじゃないと思いたいが、あの頃の自分を振り返るに、私の中でどうやらこんな論が成り立っていた。

これは私のことを書いた小説だ↓ということは私もこのような小説を書けるはずである↓しかも作者と私は同じ大学出身である↓ということは同じだけの文才が私にもあるはずである――。いやあぁぁぁぁ！（恥）

とにもかくにも、私は小説を書いてみることにしたのであった。

その後、「黒柳徹子になる」という夢はどうしたのだろう。じつは、雑誌編集部にいたとき、徹子さんにエッセイの連載をしてもらえないかと手紙を送ったことがある。事務所から多忙ゆえ受けられないという丁寧なお断りをいただいた。

が、どうやら私はまだまだこの夢を諦めていない。今この瞬間も、このエッセイが爆発的に売れて、徹子さんの目に留まり、「徹子の部屋」に呼ばれて、「ああた、『世界ふしぎ発見！』に出たかったんですって?」と言われる日を夢みてしまっている。

BNW報告書1997

これからお話しすることは、今から約三十年前。ルッキズムという言葉も、「This Is Me」や「ありのままで」という歌も、プラスサイズモデルも存在していなかった時代のことである――。

「世界で一番かわいいのはだあれ。それはまゆちゃん！」

そんなふうに育てられた私は、鏡の前で踊るのが大好きだった。いつでもそこに映るのは「世界で一番かわいいまゆちゃん」だった。同じ町内に同い年の女の子がいなかったのも大きかった。紅一点の私は、他の女子より冷遇されるということ自体、起きようがなかったのだ。それにあの頃は周りも自分もみんな赤ちゃんに毛が生えたような感じだったので、美の統一見解、美の同調圧力、美醜の仕分け区分に気づいていなかった。

ところが小学生になって、たくさんの「一般的に顔の造作が整っている女子」がいることに気づき始めると、同時に「それに比べると顔の造作が整っていない女子」の存在にも目が行くようになった。そしてそれを「ブス」と名付けて囃《はや》し立てると、非常に万人にわかりやすくディスれることにも多くの子どもたちが気づいてしまった。さらに私は小学一年生から眼鏡デビューを果たしていた。微妙な造作の違いならまだしも、「眼鏡をかけている」は当時、わかりやすいブスの記号だった。私と世間はともに私をブスだと思うようになった。

急に世界一かわいい女の子から、ブスへと転落した私は、少女漫画に助けを求めた。少女漫画では、眼鏡をかけて三つ編みで「おい、ブス！」とクラスの男子にからかわれるような女の子が、なんらかの原因で三つ編みがほどけ、なんらかの原因で眼鏡が外れると、その男子にドキッとされるブスの下剋上システムが採用されていた。

そこで私は中学に入ると、休み時間のたびにわざわざ三つ編みをほどいて編みなおし、眼鏡を外しておもむろに窓の外なんか眺めたりするようになった。すると、当時好きだった男の子から「きよし、眼鏡外したら自分かわいいとか思ってんやろ？　それ勘違いやで！」と非常に屈託のない明るいテンションで言われ、「お、おおお、思ってへんわ！」と返した。あの時泣かなかった自分、えらかったな……。

そしてある日、決定的なことが起こった。放課後の教室で男子たちが、クラスで一番ブスなのは誰か、話しているところに出くわしたのだ。

私は、二位にランクインしていた——。

思春期真っ只中のブスランキング二位。そのまま人生が暗転してもおかしくない大事件。私はその時、どうしたか。

ペンを執ったのである。

１９９７年　ＢＮＷ発足。この同盟は一般的な価値観だけによって今まで「ブス」といわれ、しいたげられてきた人々が団結し、発足したものである。

そもそもブスとは、美人とはなんなのか。どこからがブスでどこからが美人なのか。目が大きくても口が小さくても美人の部類には入らない人々がいる。そう、もともと「美人」「ブス」などないのだ。多くの場合その人自身で「私他の人よりブスやわー」と思いこんでいるだけなのである。私は今声を大にしていいたい。「この世にブスなどいない。しかし美人もいないのだ」と。

私はあの著名なＡ氏と対談することに成功した。Ａ氏も私と同意見である。相談し合った結果同盟を作ることにした。それがこのＢＮＷである。

それは「ブスでなにが悪い！」という意味、また「ビジンでなにがわるい！」という意味もある。「美人」「ブス」これはただの名詞にすぎない。そして私はブスに当たるだけである。法りつで美人は良い、ブスは悪いと決められているわけではない。私はブスだ！私はブスなのだ！

私は私とA氏を自ら「純粋人間」と呼びたい。私たちはとても純粋なのだ。純粋こそがブスなのだ。

ああ私はたたえよう。純粋人間に幸あれ！

1997,2,4 自宅にて。

これは親友A氏と立ち上げた「BNW」という秘密結社の報告書——というていの交換ノートの冒頭である。

ここには、見た目に死ぬほどコンプレックスを持っていた自分を文章によって笑い飛ばそうとする、なにかとてつもなく純粋なパワーを感じる。

A氏もまた外見に悩みを持っていた（私から見ると鈴木蘭々に似たおしゃれ顔の子だったけれど）。別々のクラスだった私たちは、廊下で落ち合ってはこのノートを極秘文書のようにこっそりと交換した。詭弁《きべん》を真珠のネックレスのように連ねては二人だけの哲学に編み上げて、そんなことができる自分たちに勇気づけられていた。

たまに小説家のインタビューで「書くことで救われてきた」というフレーズに出会う。かっこよすぎる言葉だけれど、事実そうなのだろう。私もそうだ。この頃からもうずっと、書くことで救われてきた。

今もこのノートは大切に取ってある。めくるたび、雨の日の廊下の匂いと、A氏と私のクスクスという笑い声がよみがえる。

プーさんと滞納

いらんかね、いらんかね――。婚活をしている間じゅう、雪降りしきる街で誰も欲しがらないものを売り歩いてる気分だった。

バスの座席は窓側が女性、通路側が男性と決まっていた。男性は三分ごとに席を移動して窓側に座る女性と自己紹介し合う。なるほどこれなら移動時間も無駄にならない。行き先はワイナリー。その手前にある小さな遊園地で歓談の時間も設けられているらしい。バスガイド兼仲人は関西のイントネーションで話す、前髪の立ち上がりが激しい女性で、いかにもベテランといった風情だ。「みなさん、私のバスツアーに来たからには期待してくださいね。あなたの結婚相手は今日見つかります。圧倒的なカップル成立率を誇るのがわたくしでございます。もうなんべんも結婚式に招《よ》ばれてます」

おおーと私たちは拍手を送る。さっきバス乗り場で見た感じでは、あきらかに推奨年齢の

〈四十三歳まで〉を過ぎているおじさんばかりでがっかりしたけど、仲人さんを見ていたら少し希望が湧いてきた。運命の人はもう先に乗り込んで、どこかの席で私を待っているのかもしれない。

男性たちは移動が大変そうだったけど、無事到着までに男性全員と自己紹介し合うことができた。が、なんということだろう。「二十代〜三十代の婚活ワイナリーバスツアー」と聞いていたのに、ほとんどが自分語りのおじさんで全く惹かれない。対して女性陣は皆、こぎれいなアラサーで、自分も含めて着飾っているのが虚しい。理論上、同じ数だけのアラサーの男子が余っているはずなのに、彼らはいったいどこへ行ったのだろう。

と、その中に唯一、私と同い年でしかも同じ業界に勤めるという清潔感あふれる男性がいた。海外ドラマ「glee」にハマっているという共通点もあり、大いに盛り上がる。品のある整った顔をしている。遊園地での歓談も弾み、ワイナリーでの試飲も楽しかった。隙を見て、他の女性参加者を探ると、みんなも「おじさんばっかり」と不満を言い、どうやら彼を狙っているようだ。これは激戦になりそうだ。

帰りのバスで気になる相手の番号を書き、仲人さんへ預ける。もちろん私は第一希望に彼の番号を書いた。第二希望、第三希望は空欄で出した。きっとダメだろう。あのあとは他の参加者に取られて全然彼と話せなかった。まあ、ワインを飲み、メリーゴーランドに乗れただけで良しとするさ。すでに自分を慰めるモードに切り替えていた。

第三章
恋はやけくそ

そして結果発表——。

「8番さんと22番さん、カップル成立です！　おめでとうございます！」

なんと私は彼に選ばれた。周りに拍手で祝福され、座席の離れている彼と目を合わせてお互い照れくさそうに会釈をする。バスを降りるとき仲人さんが「あなたのお相手がダントツ人気やったんよ。がんばんなさいね」と耳打ちした。

その人が今の夫である……とはいかないのが人生だ。

黄色いアイツのせいだった。

その彼が一人暮らしする家に初めて遊びに行ったとき、大きなガラス棚に夥《おびただ》しい数のプーさんがぎゅうぎゅう詰めに飾られていたのである。

「これって……？」

「あぁ、ぼくプーさん、好きなんだよね」

ゆうに百匹は超えていそうなプーさんに囲まれて、恋心はあっという間にしぼんでいった。

当時、三十を過ぎて長く付き合った彼と別れ、子どもを育てたかった私は次付き合う人と結婚すると心に決めて、婚活バスツアー、マッチングアプリ、合コンなどに全精力を傾けていた。

会う男性それぞれ個性があり、その頃ブームになっていた婚活産業も、やれ街コンだ、やれ料理合コンだ、相席居酒屋だ、とバラエティに富んでいて飽きなかった。私は月二回、当時担当していた角田さんの連載原稿の校正を送るときに、自分の婚活レポートを書き添えた。フランス人に「月がきれいですね」の本当の意味を教えた話、意気投合したはずの男性が本名を教えてくれなかった話……。今はなき「毒女ニュース」というニュースまとめサイトで婚活ブログもやっていた。

そんなふうに面白おかしくしておかないと、やってらんなかったからだ。

本当は、結婚するつもりだった人から最終的に却下されたことに深く傷ついていた。本当は、バスツアーの彼は好きなタイプではなかった。みんなが選んでいたから選んだだけだ。だからプーさんごときであっさりと手放した。私を振った元カレの家に初めて行ったときは、プーさんどころじゃない。電気が止まってた。懐中電灯の灯りの中でお互いを照らしながら歯磨きをした。それでも好きだった。それなのにダメだった。

誰かを好きになり、その人も私を好きになってくれる、そんな奇跡はもうこの先起きないような気がして、とぼとぼと歩きながらケータイを手にし、私はまた婚活ブログを更新するのだった。

恋はやけくそ

その日、私は荒れていた。

隔週誌の編集をしながら、ムックの編集もしていて、自分が今どの仕事をやってるかもわからなくなるほど忙しく、ほぼほぼ終電で帰る日々。その日は私の誕生日。午前零時のその瞬間、虚ろな目をした私が電車の窓に映ってる。家に帰っても明日に備えて早く眠るだけ。クッソー！　なんか腹立ってきた！　私はマッチングアプリを開き、いいねを押してくれた人をプロフィールも見ずに片っ端からいいね返ししていった。そのまま幾人かとメッセージのやりとりをし、「今日、私、誕生日なんですよ～」と言って、無理やり「誕生日おめでとう」と言わせた。

数日後。その日も私は荒れていた。

快晴の土曜日、一人、会社の机でパソコンを叩きつけるように打っていた。ほぼ毎週末こんな感じで休日出勤している。クッソー！　もうだめだ、今日こそは絶対、誰かと飲む。しかも男の人と飲んでやる！

ちょうど誕生日にいいねした人からメッセージが来た。

「ところで、今日夕方、飲めたりしません？」まだるっこしい探り合いトークはぶった切って単刀直入に誘う。

「いいですね」奇跡的に空いていた。

数時間後、待ち合わせ場所に来た彼はパイナップル柄のよれよれのシャツを着ていた。この人、家にアイロンがないのかな。シャツもたぶんお母さんが選んだやつっぽい。プロフィール写真よりちょっとぽっちゃりしている。でも眼鏡の奥の目がきゅるんとしていて可愛い。まあいい、関係ない。もう婚活とかどうでもいい。今日誰かと飲めるならそれでいい。

やけのやんぱちの私は、ガード下の海鮮居酒屋に彼を引っ張っていくと、さっさと自分の食べたいものと、飲みたいお酒を注文した。彼は「ぼく、お酒飲めないんですよね」とジンジャーエールを頼み、私はますます冷めてしまって、彼にどう思われるかなんて気にもせずに仕事の愚痴を言いまくった。彼は、終始緊張し縮こまりながら、必死に相槌を打ってくれる。そのような一方通行では盛り上がるはずもなく、二十時前に解散となった。改札まで送ってくれ、控えめに手を振る彼を見て、こんな傍若無人な私に最後まで礼儀を失わない彼にさすがに申し訳ないと思った。もう二度と会ってはくれないだろう。

ところがその日から、月曜日に「今日もお仕事、がんばってください」、金曜日に「お仕事お疲れ様でした」というお天気お姉さんみたいなメールが届くようになった。そして気付くと、そのメールに癒され、待っている自分がいた。

何度目かのご飯のあと、私の家でごちそうすることになった。しかしその日、持病の子宮内膜症が襲来。腹痛と貧血で、会話もままならない状態。「おもてなしできないから帰っていいよ」と言うと、彼は心配だから付き添うと言う。そしてソファに横になった私のお腹をずっと手で温めてくれた。

気が付いたら、眠り込んでいた。はっと目を覚ますと、もう部屋はあたたかなオレンジ色の西日に包まれており、その中でさっきと全く同じ姿勢のままの彼が「大丈夫？」と言った。

——この人を逃してはいけない。

本能が命令した。

むくっと起き上がり、「私は次付き合う人と結婚すると決めている。あなたにその覚悟があるなら付き合ってあげてもいい」と病人らしからぬ強気な態度で言い放ち、正式に交際を始めた。

これまで相手の好意から始まったとしても、付き合っていくうちに私の気持ちの方が相手の気持ちを上回ってしまい、恋人どころか口うるさい母親のようになり、最後には重たがられて振られるパターンが多かった。ところが彼は、与えて、与えて、与えてくれる。これが本当に人から大切にされるということなのか、と私は目が醒める思いだった。彼は誰にも選ばれないと拗ねていた私に選択権をすべて渡してくれた。

その人が、今の夫である。

結婚式、彼があらためてみんなの前でプロポーズをするという演出があり、そのセリフは当日までのお楽しみとなった。参列者は角田さん、窪さんはじめ、リベラルな友人ばかりだ。私は先回りをして「私のことをヨメとか絶対言わないでよ」「繭子さんをください、とか、味噌汁飲みたいとかいうのもＮＧで」と釘を刺した。夫は配慮に配慮を重ねたのだろう。私の手を取り、膝をつき、顔を真っ赤にしてこう言った。

「ぼくをっ！　あなたの妻にっ！　してくださいっ！」

夫にしてください、と言いたかったのを緊張のあまり間違えたらしい。

最高のプロポーズだった。


私の成婚以来、マッチングアプリを始める友人が急増したが、私は彼女たちにいつもこうアドバイスした。

「やけくそになったらいいよ」

自分の意思を超えたところに福音はもたらされるのである。

男友だち

結婚は呪縛だと言う人がいる。ある一面ではそうだろうが、私としては大体のところ、結婚して自由になったと感じている。

ひとつは、恋愛からの解放である。薬指に指輪を嵌《は》めた時、これでもう恋をしなくていいんだ、と思った。七転八倒の婚活から逃れられたというのもそのひとつだが、最近よく感じる解放のありがたみは、男友だちとの関係である。

私は男友だちと遊ぶのが好きだ。

こう言うと、人々をザワつかせてしまうらしい。「それ、絶対どっちかはどっちかのこと狙ってるよね？」「男女の友情ってあり得ないと思う」はっきりと、あるいはやんわりと、おおむねこんな反応が返ってくる。

数年付き合った年下の彼氏に、「他の人とも遊んでみたい」という正直すぎる理由で振られた。私に隠れて行った合コンで、若い女の子からアプローチを受けたらしい。私は当時三十路手前だった。今思うとちゃんちゃらおかしいのだが、地元の女友だちが次々と結婚していった時期と重なったのもあって、私の自尊心はズタボロに傷ついた。そこで呼び出したのが年上の男友だちだった。

新宿の京王線の改札口で待ち合わせする。少し遅れて来たその人が軽く手を上げてこっちに向かって歩いてくる。その瞬間、涙が止まっていることを言い訳したくなってしまった。「電車に乗る前までは泣いてたんだよ」聞かれてもいないのに言いそうになった。

長身のその人は身を少しかがめるようにして私の悲痛な面もちを見て、「どうしたんだよ、きよたん！」とおろおろとする。私はもう少しでニヤついてしまうところだった。二人で居酒屋のカウンターでご飯を食べた。ことの顚末《てんまつ》を話しながら、できるだけ同情を誘うように話している自分に気づいた。「私のことなんか、もう誰も好きになってくれない」否定してくれること前提で泣き言を言った。すると友人はこう言った。

「そんなこと言わないでよ。俺はねぇ、きよたんの血が好きなんだよ。きよたんの考え方、きよたんの作るもの、きよたんの言うこと、きよたんの育ってきた環境、全部が好きなんだよ。きよたんのご両親にいつも感謝しているんだよ」

思った百倍以上の答えが返ってきた。

「それ、絶対どっちかはどっちかのこと狙ってるよね？　男女の友情ってあり得ないと思う」と、私も思ってた。現に、私は元カレに傷つけられた自尊心を埋めるため、卑しい気持ちで異性の友人を誘ったのだ。そこのところはどうしても同性の友人の励ましでは埋められないから。

でも彼はただただ、私そのものをいいと言ってくれた。この人を恋愛云々に巻き込むのは失礼だ。べつにその友人に恋しているわけでも付き合いたいわけでもないくせに、こっそり異性として利用している自分の心構えが情けなかった。

数年経って、私は結婚し、子どもが生まれた。その友人はすでに郷里に戻っていたが、上京の用事のついでに赤ん坊の顔を見に来てくれることになった。うちの最寄り駅のターミナルに現れた友人は、どうしたことか髪の毛がずぶぬれで毛先からぽたぽたとしずくが垂れている。頭上の空は青く澄み渡っているというのに。

「どした？」と聞くと、

「きよたんの赤ちゃんに会う前に煙草を吸っておこうと思って喫煙所行ったら、髪に匂いがついちゃって。匂いも赤ちゃんにとっては害かもしれないと思って駅のトイレで髪洗ってきた」

結婚してよかった、とその時思った。私はこのような素晴らしい人をもう邪《よこしま》な目で見ずに済むのである。この人の「血」を好きだ、と私もまっすぐに思えるのだ。今では友人も結婚し、禁煙をし、パパとなった。毎年、律儀にお中元を送ってくれる。

もちろん婚姻届一枚で恋愛から解脱できたとは思っていないし、世の不倫報道も「出会っちゃったんだからしょうがないよね」と思うタイプだ。ただ大切な友人をわざわざ恋愛に引っ張り込もうとすることはもうないだろう。自分の心の中もそうだし、対外的にも約束できる。薬指に光る愛を誓ったそれは、じつは友情の誓いでもあったのだ。

父は中島

昔、角田さんに「清さんは男の人に抑圧された女の人って感じがない。ほとんどの女の人は、従順にせよ反発にせよ、なにかしらその抑圧に対しての態度があるのに。なぜそんなに天真爛漫でいられるの」と、心底不思議そうに言われたことがある。

理由はたぶん、父にある。

うちの父は全然父っぽくない。じゃあ何っぽいかというと、「サザエさん」に出てくる中島だ。

「おーい磯野、野球しようぜ」とぶらりやってくるアイツ。うちの父はそのくらいの感じでこちらに接してくる。子どもの頃はよく「おーい繭子、〈夕方さんぽ〉しよう」と誘ってきた。そして自転車にまたがるとこっちがついてきてるか気にすることもなく漕ぎだしてしまう。私はぶつぶつ文句を言いながらもついていく。そうやって公園に着いたあと、父とどう過ごしたのかまったく覚えてない。おそらく本当にただ散歩したのだろう。

なにせ中島なので、父には威厳というものがない。叱られたことも命令されたことも叩かれたこともないが、導かれた、守ってもらった、という記憶もない。ああ、よく遊んだなあという記憶ばかりある。父と娘、大人と子どもであるのに、私たちはフラットな関係だった。いや、フラットといえるかどうかも怪しい。正直にいうと、私は父のことを困ったヤツだと思っている。

ある日、父が「見て見て、ブルガリの時計！」と黒い革バンドのシンプルな時計を見せてきた。「質屋でたった一万円だったんだよ、すごいだろ〜」え、中古とはいえ随分安いなと思ってよく見たら、文字盤に「ＢＶＬＧＡＲＩＵＭ」と書いてある。

「お父さん、これ、ブルガリウムって書いてあるけど……」

「えー、なんかあれじゃないの。コムデギャルソンオムみたいな」

「メンズラインじゃねえわ！」

父は非常に騙されやすい。「大変だ！　ドコモが一億円くれるって！」「アメリカにいた大金持ちの遠縁が死んで、遺産が転がり込んでくる！」と嘘みたいにわかりやすい詐欺に引っかかっては、母に止められている。父に留守番させると、換気扇フィルター五年分とか、イオン歯ブラシ一年分とか謎の商品が増えている。お願いだから母には父より長生きしてもらいたい。

それもこれも全部、父が異常に自己肯定感が高いせいだ。この素晴らしい自分には、縁もゆかりもない人が大金や高級時計をくれたっておかしくないと当たり前に信じている。じつは子どもたちを叱らないのも、自分のことしか眼中にないからなのではと踏んでいる。

絵を描いては小さなギャラリーを借りて飾ってもらい、論文を書いては半分自費出版のような形で本にする。絵や本が並んだところを撮影しては、清家のグループLINEに連投する。書いた論文を送り付けてくる。私は忙しいのでほぼ既読スルーだが、いっこうに気にしないでまた送ってくる。おそらく父は褒められたくて送っているのではない。素晴らしい僕の作品を読みたいだろうとサービスのつもりで送ってくるのである。

最初に身近にいた男性というのがそれなので、私は男の人を男の人だからという理由で、偉いとか怖いとか強いとか思うことがない。そしてそういう女には偉ぶりたい男は近づいてこない。父の中島もたまには役に立つのである。

あるとき、父に「私の結婚相手はどんな人がいいと思う？」と聞いたことがあった。当時、付き合っていた彼とどうもうまくいかず、藁《わら》にもすがる思いだった。すると父はこう答えた。

「繭子を自由にさせてくれる人がいい」

たしかにそのとき、私は自由ではなかった。彼がそれを奪ったのではなく、私が自ら捕まりたがっていた。彼と結婚するためなら貧乏だって耐えてみせる、養ったってかまわない、と思うことで彼を追いつめていた。

父の書いた哲学書を一ページ以上読めたことがないが、「繭子を自由にさせてくれる人がいい」という言葉はいつまでも残った。夫と結婚しようと決めたときも、その言葉が頭にあった。

夫と父を初めて会わせたとき、カチンコチンの夫につられてか、ふだん自分の話しかしない父が、珍しく彼に話を振るので、ほお、父も少しは大人になったじゃないの、と感慨深かった。あとはまた父が怪しい事業に手を出そうとしていたので、懇々と説教をした。食事会が終わったあと、夫に感想を聞くと、「あんなにお父さんに偉そうにしていいの……？」と困惑していた。そうか、普通はもうちょっと言葉を選ぶのか。

父の前で私はいつも自由な子どもであった。

過去、父の振る舞いでどうしても許せないことがあり、そのことを×五倍くらいのエグさで小説に書いた。なかなかの出来で受賞するかもしれないと思い、「あのこと小説にして世に出るかもしれないけどいい？　お父さん悪者にしか見えないけど」と念のためＬＩＮＥをすると「しかたない！　ＯＫ♡」とハートマークつきで返ってきた。

向田邦子の『父の詫び状』みたいなエピソードは何ひとつない父だが、この人を私はあっぱれだと思っている。

詩を書いたら昔の片思いが成就した

学生時代、圧倒的な片思いをしていたことがあった。その人が眩しすぎて、話しかけられたときも自分の心臓の音でその人が何を話してるのか聞こえないほど。

当時私は、喋ったこともない他のクラスの男子に突然ボールを投げつけられたり、よく知らない他のクラスの女子たちにコソコソ後ろで笑われたりした。たぶん、制服に革ジャンを合わせたり、ヨーダが全面プリントされたリュックで通学したり、子ども用の歩くと底が光るスニーカーを履いてたりしたのが、鼻についたんだろう。友だちにその迫害を知られたら、その子たちも離れていくんじゃないかと思い、長らくそのことを打ち明けられなかった。

その頃の「自分はバカにされる人間だ」という思いは、結構大人になってからも引きずって、時々顔を出す。基本的に調子乗りなのに、肝心なところで前に出ていけないのだ。クラス内カーストなんてバカらしいと言いながら、内心すごく気にしていたから、クラスの女子がみんな一度は好きになったことがあるのではというその人は、本当に雲の上の存在だった。

話しかけたらキモいと思われるかも。

好きだとバレたらキモいと思われるかも。

てかもう存在してるだけでキモいと思われてるかも（逆自意識過剰）。

そんな片思いの彼と、大人になってからＳＮＳで繋がるようになった。

私は当時、刺繡作品に限らず日常的に詩をアップしていた。「ポエムふすま晒し」事件で断筆（?）したはずだったが、頭の中に浮かんだ言葉を昔も今も書かずにはいられないのだ。イケてなかった元同級生によるＳＮＳのポエム投稿――。痛々しく見えてもおかしくないはずなのに、彼は必ずといっていいほど、いいねを押してくれた。

たぶん、見かけた投稿全部にいいねを押す人なんだよ――。自分にそう言い聞かせながらも、にんまりが止まらなかった。

ある日、深夜残業の帰り道、インスタを見ながらとぼとぼと歩いていたときのこと。彼が何年も前に私が投稿した詩を引用し、「by 綿子（刺繡作家としての名前）」とつけて自分のアカウントで投稿してくれた。

一瞬なにが起こったかわからなかった。

心臓をバクバクいわせながら、「ありがとう」とＤＭを送ると、彼はその詩をスクショして辛いときに時々見返してるよ、と言ってくれた。

昔の怯えていた私に教えたかった。告白を考えすらしなかった想いだったけど、こんな形で成就したよ。彼と私の間に、カーストなんて存在していなかったよ。あなたは恥ずべき人間ではなかったよ。

自分の言葉が届く嬉しさを知った。言葉が届くことの力強さを知った。過去まで塗り替えるのだから。時々、こんなスペシャルなご褒美があって、表現することはやっぱりやめられないよなあと思う。

私は承認欲求の塊だ。

でも、本当に欲しいのは、他者からの承認ではなくて、自分が自分を許し、認めるほうの承認なのかもしれない。

元カレが坂口健太郎に似ていてね、

ある時、神田川沿いの低層マンションの二階、角部屋に住んでいた。四月になると、ベランダに差し掛かった桜が咲き乱れ、家の中からお花見できる素晴らしい家だった。当時、年下の男の子と付き合っていた。名前を仮に鴨としよう。

鴨は私に出会うまで一冊も小説を読んだことがない理系人間で、「俺でも読めそうなのある？」と聞かれたので、いろいろ考えて伊坂幸太郎の『アヒルと鴨のコインロッカー』を差し出した。すると、鴨はその本をじっと見つめて、おもむろに「鴨」を指さし、「これ、なんて読むの？」と聞いた。自分を取り繕うことのない、とにかく可愛い人だった。

鴨は坂口健太郎に似ていて、めちゃくちゃタイプだった。私からのアプローチで交際が始まった。鴨は自分の見た目がいいことをちゃんとわかっていたが、とても臆病で、自信がなかった。酔っ払うと、涙を流しながら謝るという癖があった。優しく、穏やかで、面白く、美しい顔をしていて、ものすごく自慢の恋人だったのに、どれだけ私がそう言ってもダメだった。お酒を飲むとまた泣いた。何度目かの涙のあと、鴨はその癖のわけを打ち明けてくれた。

私が全部治してあげる。私と一緒にいれば、絶対だいじょうぶ。

今こう書くと呪いの言葉みたいだけれど、そのときは二人ともその呪いに気づかずに、ソファに並んで座っては、私は彼の大きな背中をさすり、彼は可愛くさすられていた。ソファは掃き出し窓に向かうように置いてあって、窓の外にはいつも桜があった。

だんだん鴨の泣き上戸にも慣れてきて、時々、その泣き顔を可愛いなあと思いながら、私は彼の歯を磨いてあげた。酔っ払って泣いた後はいつも寝てしまうからだ。鴨はべそべそ泣きながら素直に口を開けて、磨かれていた。かわいそう、という文字を打つと「可愛そう」と誤変換されることがある。そのたびに私は、あの歯磨きされていた鴨を思い出す。

付き合ってもうすぐ三年という頃、鴨は「好きな子ができた」と言って私を振った。私は持てる全ての言語能力を駆使して彼を引き止めたが、戻ってこないことはわかっていた。ずいぶん前から彼はお酒を飲んでも泣かなくなっていた。

しばらくして私は突然、道で吐いた。病院に行ったら胃腸炎だと言われた。ウイルス性と診断されたのに、「ストレス性かもしれない、夜中に急変するかもしれない」と彼を脅して呼び寄せた。優しい鴨は来てくれた。トイレとベッドを往復する私に付き添い、吐いている間、背中をさすり、おかゆを食べさせ、今度は鴨が私の歯を磨いて、布団をかけた。久しぶりに会えた鴨から、私は彼が好きになった子の情報を聞き出そうとした。私より可愛い？私より優しい？　どこが私よりいいの？　鴨は絶対に答えなかった。「ただ新しいだけ。違う子とも付き合ってみたかっただけ」どう聞いてもそう答えた。今、付き合っているかどうかも教えてくれなかった。彼女を守ってたのかもしれないけれど、結果的に私もそれで救われた。

「その子の前で鴨は泣けるの？　その子はちゃんと鴨を守ってあげられるの？　私みたいに」

もう会えるのはこれが最後という気がして、私はどんな惨めなことも思いついたことは全部言った。

「わからないけど、頑張ってみる」

鴨はそう言って、お酒も飲んでいないのに、はたりと涙をこぼした。それでやっと決心がついた。私はこの子を放してあげないといけない。

彼がマンションを出て、橋を渡り、神田川の向こう岸に行くのをベランダから見送った。それは冬のことで、枝だけになった桜のすきまから彼の背中が見えた。振り返って、と思いながら同時に、振り返るなよ、と思っていた。鴨は振り返らなかった。それきりだった。

あれが花の時期じゃなくてよかった。次の恋をするまでもっと時間がかかっただろうから。

鴨は今も泣くだろうか。そのそばに優しい誰かがいてくれるといい。鴨がどんなにすてきな鴨か、上手に伝えられる人だといい。

私は、坂口健太郎が世間でフィーチャーされるたび、投稿したくなる。

「元カレが坂口健太郎に似ていてね、」

でもほんとは、ただ、あなたの自慢がしたいだけなんだ。

BNW報告書2024

BNWを立ち上げ、「私を受け入れる価値観が世にないのなら自分が作っちゃえばいい」ということに気づいた私は、「眼鏡を取ったらじつは美人」を目指すのはやめにした。そんな相手におもねるやり方はBNWの精神に反する。でもでもでもでも思春期だもの。モテてみたい！

だから私は「おもしれーヤツ」を目指すことにした。

たとえば、陽の当たらない男子の隠れた魅力を発掘し、研究日誌をつけてクラスのみんなに披露した。書かれた男子たちもまんざらではない様子で、更新を楽しみにしてくれていた。また、隣が男子高だったので、友だち数人と男子高から見えるところでトイレットペーパーを旗のように風になびかせて「おーい！　おーい！」と反応してくれるまで呼び掛ける謎の遊びもした。振り返って思うには、とにかく男子に飢えていた。「おもしれーヤツ」という一定の評価は得たと思うが、それは恋愛要素一切ナシのジャスト「おもしれーヤツ」であった。

高校に入り、満を持してコンタクトデビューしたが相変わらずモテなかった。やっぱり「おもしれーヤツ」でいくしかないのか――。

当時私は、ファッションデザイナーであった叔母と矢沢あいの漫画にもろに影響を受け、毎日練りに練ったファッションで登校していた。子ども用の歩くと光るスニーカーや小さなタイヤの真っ黄色の自転車、革ジャンにヨーダがついたリュック、スカートの下はスパッツにスニーカー、髪はベリーショート。途中で休学し、親の仕事でドイツに半年滞在したこともあって、「おもしれーヤツ」から「得体の知れない調子乗ってるヤツ」と一部の生徒から反感を持たれるようになった。クラスの友だちは私を面白がってくれたけど、それもなんだか辛くなってきた。

結局、私は心の中では、「世界一かわいいまゆちゃん」のままだったのだと思う。ブスだと言われないように「おもしれーヤツ」に逃げたけれど、本当は私は私のままで、面白いときもまじめなときも「世界一かわいいまゆちゃん」と自分のことを思いたかった。いや、「世界一」じゃなくても「かわいい」じゃなくても別にいいけど、自分のことを自分のままで満足したかった。

そして、東京の大学へ進学した。ある日、劇団の先輩から「清は八重歯がいいよなあ」と言われた。歯並びがコンプレックスだった私は、それから歯を見せて笑うようになった。しばらくして、初めて男子から告白された。嬉しくって好きでもないのにＯＫしてしまい、結局一か月で怖くなって振った。そのあと、友だちから「アイツめちゃくちゃ泣いてたぞ」と聞いた。自分をかけがえのないものと思ってくれる男の子がいることにびっくりした。

ありがたいことに、その後も幾人か、私のことをかけがえのないものと思ってくれる男の子が現れた。

私が急に「八重歯のかわいい女の子」になったわけではなく、私と周りの〈見る目〉が育ったんだと思う。周りは、私の顔の造作だけでなく、その纏うもの全体を見るようになった。私も私のことを、「面白くなかったら男子と仲良くなれないブス」と思わなくなった。そして、自分のことを思うさま表現する喜びを噛みしめた。

これが、最初から自分が美人だったらどうだろう。たぶん私は「おもしれーヤツ」を選ぶことなく、男子高に向けてトイレットペーパーをたなびかせることもなく、もっと平坦に生きていたんじゃないかと思う。「美人」というレッテルは、ときに「ブス」というレッテルよりも窮屈だ。はみ出すことにもっと臆病になって、思いついた面白いことを実行せずに教室の中で悶々としていたかもしれない。窓の外でブスがたなびかせるトイレットペーパーをうらやましく眺めながら。

美人だったら小説に手を出してなかった可能性すらある。

漫画やドラマはヴィジュアルで語るというその形式上、「ほんとは美人だった」という設定でしかなかなか話を進められない。でもブスを自認する私にはそれでは不足だった。正真正銘のブスでも主人公になれる物語、つまり小説が必要だった。そして、小説のなかで繰り広げられるヴィジュアルの伴わない人間模様を知ることがなかったら、今よりもっとゴリゴリのルッキズムに侵食された人間になっていたかもしれない。

なおこれは壮大な負け惜しみではない。なぜなら、今、私は自分の顔のことが結構気に入っているからだ。

あるとき、デートの待ち合わせをしたマクドナルドに少し遅れて行くと、当時の恋人がレシートの裏に何か一生懸命描いていた。それなあに？　と聞くと、「繭子さんの似顔絵」と、顔を赤らめて見せてくれた。その口元にはドラキュラみたいな八重歯がにょきっと二本描きこまれていた。おいおい、見たかよ！　１９９７年の私よ！

この顔で私は、たくさんの友だちや先輩や家族、それから男の子少々、そしてなによりこの私に、愛されてきたのである。

あの角を曲がるまで

母方の祖母に会いに行くときは、絶対に遅刻できない。私が来ると決まったその日から、スーパーのオオゼキでしょっぱいお菓子と甘いお菓子を買い、アイスとビールを冷やし、お小遣いを入れるかわいいポチ袋を探し、当日は朝五時に起きて茄子の揚げびたしや天ぷらを作り、約束の時間の二時間も前から誰かの足音がするたびに私かと思って出迎えに行く。そういう人だからだ。

恋愛や仕事や何者でもない自分に追いつめられると、私はきまって祖母の家に避難した。ふかふかの座布団に座って次々出てくる料理に箸を伸ばしつつ、「NHKのど自慢」から「新婚さんいらっしゃい!」「アタック25」「開運!なんでも鑑定団」の再放送を見る。合間に祖母の昔話を聞き、私からは祖母が喜びそうな、仕事で有名人に会った話などをする。腹がくちくなって目がとろんとしてくると祖母は押し入れからもう一つふかふかの座布団を出してきて、「寝たらええがん」(祖母は鳥取出身)と嬉しそうに言う。次に目を覚ますともう部屋は夕陽が満ちていて、持ち帰り用のおかずを詰める祖母の背中を橙色に染めている。それでもう、私のぜんぶが治ってる。

祖母の家の壁には、孫やひ孫から贈られた日本各地のお土産が飾られていた。柱には私が高校の修学旅行でお土産に買った相田みつをの日めくりカレンダー。三十一日分のみつをの書が書かれてあって、繰り返し使えるものだ。

「やれなかった　やらなかった　どっちかな」

みつを、いいこと言うなあ……と眺めていて気が付いた。

――これ、みつをの書じゃない。

よく見るとこのページだけ紙質も違う。てか、この紙ってカレンダーの裏じゃない？　そこに筆ペンで直《ちょく》で書いてない？　おばあちゃんに尋ねると、「破れて取れたけん、おばあちゃんが真似して写したが」と言う。よく見ると、セロテープで厳重にくっつけられている。

「こんなん捨ててええのに」と言うと、首を振って「これはおばあちゃんの宝物だけん」と言った。こだわりの0・3ミリのペンで流れるような美しいかな文字を書く祖母が、一生懸命みつをの書体を真似ているのが可愛らしく、嬉しかった。

帰るとき、いいと言うのにいつも祖母は門の外まで一緒に出て、私が道の角を曲がるまでずーっと見送っている。何度振り返っても夕暮れを背にちんまりとした祖母が手を振っているので、早く家に入らせてやらないと、と急ぎ足になる。こちらが振り返るからいけないのではないかと思って、あるとき振り返らずに帰ったら、次会ったときに「おばあちゃん、さみしかった」と言われた。それ以来、二、三度は振り返ることにしている。

初めて夫を連れて行ったときも、帰り際、やっぱり祖母はずーっと見送っていた。夫は恐縮して一歩ごとに振り返り「どうしよ、まだいる」とぺこぺことおじぎする。やっと角まで来て、今生の別れじゃないんだからねぇ、と苦笑し、夫を見上げると、その目は赤く潤んでいた。

しばらくして、祖母が施設に入ることになった。家は処分することになり、片付けに駆り出された。壁に貼られたお土産も外す。膝を悪くして、なかなか旅行に行けなくなった祖母は、孫たちからのお土産に絵馬をリクエストした。その絵馬を処分箱に入れるのは忍びなく、せめて裏返して……と思ったら、そこに祖母のきれいな文字があった。

「薗子元気で明るく安堵　楽しい日でありました　91歳」

「2009　9／22　夏物を秋物に入れ替え　あり難う　薗子富士登山のお土産に絵馬うれし」

「薗子近江八幡へ　取材しに行った折　薗子にいいことありますよう　85歳」

願い事を書く欄なのに、孫のことばかり書いていた。

施設にも時々会いに行った。新しい相田みつをの日めくりカレンダーをプレゼントすると、さっそく壁に飾ってくれた。上の子を連れて行き、近くの河原でお花見をしたこともあった。だけどコロナがやってきた。

面会制限で家族の誰とも会えない日が続き、祖母は急速に衰えていった。あんなに筆まめだったのに、手紙も途絶えた。以前は「お菓子くれるなら、施設の茶飲み友だちにおすそ分けできるような個包装のものにしてね」と言われていたのに、小さな袋を自分の手では開けられなくなり、施設を通して個包装じゃないものをリクエストするようになった。

やがて二人目を出産した。

おばあちゃんに子どもを会わせたい、子どもにもひいおばあちゃんに会わせてあげたい。

面会制限の緩和をじりじりしながら待った。子どもが九か月になった頃、やっと「正面玄関のガラス越しに十五分間、電話でなら話してもよい」ということになり、従姉妹や伯母と一緒に会いに行った。

しばらくぶりで会った祖母は、車椅子に座り、福々しかった顔はげっそりと痩せて、軽い脳梗塞を繰り返したため、うまく話せなくなっていた。表情もうつろで、目は薄墨色に沈んでいる。動揺を隠しながら十五分という短い時間の間に、かわるがわる電話で話しかける。祖母は聞こえているのかいないのか、うなずくことでしか返事ができない。私の番になり、「おばあちゃん、やっと会えたね」と祖母から赤ん坊がよく見えるように抱き直した。すると、その目に光が戻り、車椅子からわずかに身を乗り出した。

「カワイイネェ。マゴノコドモ、〇〇」

施設の職員さんに赤ん坊の名を教える。手紙で伝えた名前、覚えていてくれたんだ。

それが子どもと祖母の、最初で最後の対面となった。

数か月後、祖母は風邪をこじらせ危篤となり、面会制限で家族に看取られることも叶わず、たった一人で逝ってしまった。

コロナのばか、と何度も思った。

私だって、見送りたかった。「もうええけん」とおばあちゃんが吹き出しちゃうまで、いつまでもいつまでも手を振っていたかった。

第四章

私たちはいつも同じところに立ってて

市川沙央さんが連れてきてくれた

「好書好日」でライターを始めてもうすぐ一年、というとき。編集長から「なにか新連載の企画を立てて」とオーダーが来た。

そこで鼻息も荒く考えたのが、小説の新人賞を獲った人のインタビュー連載。記事の最後には各賞の応募要項もつけて、全国の小説家になりたい人（私含む）に大いに参考にしてもらおうという企画。こんな私利私欲にまみれた企画、怒られるかな……とドキドキしながら会議に臨むと、「これ、面白そうだね。芥川賞の青田買いにもなるし」とあっさり採用になった。

連載タイトルは、「小説家になりたい人が、なった人に聞いてみた。」。

その第一回が、市川沙央さんだったのはまったくの偶然だった。

四月から始まる月一連載にしようと、各文学賞の発表時期をまとめていたら、どうしても十二個うまく埋まらない。地方の小さな文学賞が初回というのもインパクトないし……。編集長から、「無理に四月からじゃなくてもいいんじゃない？　五月なら、文學界の結果出てるし」とアドバイスをもらって、文學界新人賞から取り上げることにしたのだ。

ライターになって一年。初めての連載で、しかも自分の素性や夢を前面に出す記事。勝負どころだ。これで無風だったら……と、とてもナーバスになっていた。「文學界」発売日に手に入れ、「ハンチバック」を読んだとき、なんてこの連載にぴったりな作品だろう、私はなんて幸運なんだろうと、叫びたい気持ちになった。そこには「書くこと」「読むこと」への狂うほどの恋慕があった。

市川さんのお話を伺った帰り道。勝負の初連載ということよりも、私の名前がどうとかこうとかよりも、今聞いたことをできるだけたくさんの人に届けたいと思った。そして、ほんとにそうなった。

告知ツイートがどんどん拡散され、ランキングで即日一位になり、版元からは「『ハンチバック』の予約注文が記事配信以降に急増しました」とメールをもらい、朝日新聞読書面に紹介され、ヤフーニュースに載り、ｎｏｔｅを見てくれる人が増え……。

その後の夢野寧子さん、村雲菜月さんの記事も、アップするたびにＲＴしてくれる人がいた、読んでくれる人がいた。「人気連載」のカテゴリーに入れてもらえた。いろんな出版社から「あの記事、見ましたよ」と声をかけてもらった。

市川さんが、私をここに連れてきてくれた。

そしてある日、保育園にお迎えに行こうとしたら、編集長からメールが来た。

「市川さん、とった!!」

お迎えはいつもより二十分遅れた。晩ご飯は四十分遅れた。ごめんよ、でもいまママ、ママじゃないんだ。市川さんのあの話を最初に聞いた、清繭子なんだ。だからどうしても、見届けたいんだ。

おめでとうございます。市川さん。市川さんは会見で、同じ病気のお姉さんに一番に報告したいと言った。読書のバリアフリーを訴えていく、と話していた。市川さんはこれから、いろんな人を連れていく。歩けない人も、読めない人も、小説家になりたい人も、連れていく。その力を手に入れた。

市川さんはそれを「天祐」と言った。私からすれば市川さんこそ私たちの「天祐」だった。

芥川賞受賞、おめでとうございます。

しばらくして、noteでこのエッセイを読んだフォロワーさんからDMが届いた。

――編集長さんのメール「市川さん、とった!!」の臨場感ある記述に、涙が出そうになりました。一般人から見ると「選ばれた」と受け身である受賞を「とった」と表現するんだ…と。目から鱗でした。市川さんへの心からの尊敬、信頼、絆が、そのひと言に凝縮されているのだと感じました。

私は事実のままに書いただけなので、そんなふうに読み取ってくださったあなたが素晴らしいと返信した。すると、さらにこんなお返事が。

——専業主婦の私からすると、自分以外の受賞を「自分ごと」として喜べるほどの相手と出会えて、深い結びつきを築いていらっしゃることに羨ましさも覚えます。人間関係から逃げて主婦として生きる心の平安とトレードオフで私が放棄した、人生の奥行き・重層さが眩しいです。

ここまで読めば誰もがわかると思う。フォロワーさんの「読み方」に、フォロワーさんの〈人生の奥行き・重層さ〉がたしかに息づいていることを。

人生の奥行きというのは、書くことで深める人もいれば、読むことで深める人もいる。専業主婦で暮らしを大切にしながら深める人もいれば、衣食住には目もくれず、一つのことに没頭することで深める人もいる。

私はインタビュアーだ。作家にも会うし、芸能人にも会う。友だちは「すごいねー」と言ってくれる。でも私は、その子が打ち明けてくれた半径三メートル圏内の、親との軋轢《あつれき》や、子どもへの想いも、同じくらい「すごい」話を聞かせてもらったと思っている。それぞれの人生に、それぞれの奥まりがあって、それは数値化できるものではなく、比べる必要のないもの。ただそれが外から華々しく見えるか、見えないかの違いなんだと思う。

フォロワーさんは、「主婦として生きる心の平安」があるからこそ、私の記事のたった一言から、そんなに素敵なストーリーを見つけ出せる。
誰もがすでに「何者か」なのだ。

あの日、土下座をしなかった

「好書好日」の連載「小説家になりたい人が、なった人に聞いてみた。」が毎週土曜日に発行される朝日新聞beに転載されることになった。土曜の朝、新聞を開くと、しっかりとそこに「清繭子」と名前が載っている。リード文と最後の署名と、一つの記事に二度も出てくる。とても、誇らしい。

「あんたの名前は覚えたからね、あんたはこの先どこにも書けないから！」

二十歳の頃、宣言された。その人に土下座を要求され、断ったらそう言われたのだった。

大学の掲示板で「ライターの事務所でインターンしませんか」という募集があった。マスコミを目指していたので、これだと思って応募したら即採用になった。その事務所は、ある美容ライターが個人でやっているところ。私のようなマスコミ志望の若い女性が三〜四人、出入りしていた。

私たちの業務は電話の取り次ぎ、取り寄せた化粧品テスターの返送作業、各種事務作業、書庫の整理などで、頑張ればやがてはそのライターさんから商品記事の仕事なども回してもらえるかもしれないということだった。

事務作業をこなすのはいいのだけれど、それでライターの何がわかるのかな、という疑問はあった。美容に興味がなかったのもよくなかったのかもしれない。その美容ライターの書いている記事を読んでも、雑誌に載るなんてすごいなとは思ったけれど、文章についてはいいとも悪いとも判断できなかった。その人はいつも誰かを怒鳴ってた。先輩たちは完全に萎縮していた。

ある日、ファックスの送信先を間違えるというミスをした。その前日、書庫で美容ライターの若い恋人と本を整理しながら談笑してたら「うるさい！　遊びに来てんじゃない！」と怒鳴られていた。ファックスの送信ミスについては、相手先に失礼だし、大きなミスだと私も思う。談笑の件は、いろいろ話しかけてきたのはあんたの彼氏やで、というのが私の言い分だ。

二日連続のミスにより、私は明日から来なくていいと言われた。そして、あなたのせいでこっちは信用を落とした、この場で土下座しなさいと言われた。仲良くランチに行っていたはずの先輩たちも、関わり合いになりたくないという目で、私を遠巻きに見ていた。

「土下座はしません」

私は震える声で言った。ミスと謝罪の重さが釣り合わないと思ったし、どうせ辞めるなら自分の心に背くようなことはしなくていい。すると、彼女は私を激しく罵り、冒頭の呪いの言葉を言ったのだった。

たぶん私はふてぶてしかったと思う。彼女の人格を尊敬できなかった。それが彼女に伝わって、よりマークされたのだと思う。

そのあと、私の教育係だった先輩から、「これまでの給料は支払いません」と言われた。「試用期間中の解雇だから」という理由だったが、これも納得できなかった。同じ大学の先輩でもあったその人に、「数週間働いたのに、それはおかしいのではないですか。大学の学生課からの紹介だったので、相談しようと思います」と言うと、慌てて美容ライターへ確認しに行き、一転「払う」と言い出した。不信感でいっぱいの私が、学生課に事の次第を伝えに行くと、その事務所ではこれまでも何人もの学生が数週間で解雇され、そのたびに募集のチラシが再度貼られていたことがわかった。あくまでも私の推論だが、おそらくこれまでもそういう手口で、マスコミ志望の学生をタダ働きさせていたのではないか。

「あんたの名前は覚えたからね、あんたはこの先どこにも書けないから！」

そんな権限がいちライターにあるわけない。でも、もしかしたら、そうなってしまうのかも……と就活のときはビクビクしていた。私のように反抗できる人ばかりでないだろうし、タダ働きに泣き寝入りし、その後の就活の自信も根こそぎ奪われた人がいたとしたら、許せない。

その後、無事出版社へ入り、ひょんなことから美容連載を担当することになり、化粧品会社の新作発表会に頻繁に編集者として顔を出すようになった。

ある日、その会に彼女が来ていた。私は隣に座った。彼女は私を見た。目に動揺が走った。私はにこっと笑った。彼女はおびえた顔で目をそらした。

私が断るまでもなく、美容連載のライター候補に彼女の名前があがることは一度もなかった。というか、もはやみんな彼女のことを知らなかった……。

だから、署名記事は私にとって大きな意味を持つ。

印字された「清繭子」という文字を見て、あの日、土下座をしなかった私が「あんた、ようがんばったな!!」と言う。私は、「あんた、あんときえらかったな」と返す。

あんときのあんたがずっと、うちを守ってくれてたんやな。

あなたたちがいつも正解

Twitter（現X）のアカウントを作ったのは二〇二二年のこと。フォロワーはたった三十五人だった。しかも仕事上、出版社アカウントをフォローしてフォローバックしてもらったのばっかり。

それが、一年後、二〇二三年五月、市川沙央さんの記事を書き、それをTwitterで告知したら、あれよあれよとフォロワーが増え、告知のツイートは十万回表示されたらしい。ヤフーニュースにも転載されると、いろんな人からコメントが来るようになった。中には、ぐさりと来るようなコメントもあり、見も知らぬ人に決めつけられ、曲解され、それが事実であるかのように流布していく恐ろしさも、有名人よりはずっと小規模だけど、味わった。たくさん記事が読まれてすごく嬉しかったし興奮していたけど、同時に怖くもなった。

と思ったら!!

目の前の子どもたちが毎日、毎秒、現実に戻してくれ、ママがいいーだの、ママじゃなきゃダメだの、ママあっちいけーだの、でもやっぱり、ママー！　ママー！　ママー！　だの……。

普段はウエストゴムのパンツに毛玉だらけのトレーナーの私が、取材に行くときはよそゆきの恰好をする。今をときめく売れっ子作家や、芸能人に会いに行く。それを朝の服装で子どもは察知して、こう言う。

「ママ、きょう、おさんぽのおしごと？」

ずいぶんのどかで笑ってしまう。私がどんなにすごい仕事をしたって、子どもたちにとってはおさんぽなんだ。どんなに偉い人に会ったって、この子たちにとってはまるで知らない人なんだ。私の書いたもののＰＶ数が百万だろうが、百だろうが、どっちにしたってこの子たちが読むことはない。すごい・すごくないとは全然別の世界にいられることに安心する。私の本体はここにある。

仕事で失敗したとき、文学賞に落ちたとき。子どもたちの顔を早く見たくなって急ぎ足でお迎えに行く。子どものクラスの前で「〇〇ちゃーん」と名前を呼ぶと、子どもの顔がぱっと輝き、私に向かって一直線に走ってくる。私が私であることを喜んでくれる人がここにいる。しかも二人も。

そして思い出す。

ずっとこうしたかったんだ。

小さな洗濯物干すのも、膝に抱っこして絵本読むのも、眠ったからだをそうっと置くのも。他にやることがありすぎて忘れてたけど、私がずっとしたかったこと。

私の夢はいま、叶っている最中なんだ。

目の前の子どもたちを泣き止ませられること、笑わせられること、抱きしめて、嬉しそうにしてもらえること。それが全部手触りの実感となって、私の心をがしっと留めてくれる。それが私を一流にしない理由になるのなら、私はそれで構わないのだ。

私の人生の正解は、いつもあなたたちだ。

小説ともだち

小説ともだちができた。出会いはXのDMから。

男性の名前のアカウントから「小説家になりたい人（自笑）日記、めちゃくちゃ共感しました！」と熱い感想が来て、嬉しいな～とお礼のメッセージを送ると、「ぼくも小説家志望なんで、一回お茶して情報交換やモチベーション上げしませんか？」と……。

怪しい……。

彼はちゃんとメッセージの冒頭で自己紹介してくれたのだが、「J-WAVEでカルチャー系のラジオ番組をやってるタカノシンヤと申します」というのだ。私はてっきり構成作家さんかと思ったのだが、「タカノシンヤ」とググってみて驚いた。夕方の帯番組のラジオパーソナリティやんけ！　しかもFrascoって音楽ユニットやってたり、渡辺直美に作詞してたり、アニメの主題歌作詞してたり、なんかすごい人やん。

ますます怪しい……。

そんな人が番組出演依頼ならまだしも、気軽にプライベートでお茶しようって言うわけない。これはあれなのでは？　なぜか芸能人が私だけに悩み相談してくるというアレ。なりすましのロマンス詐欺ってやつでは？　だってほら、「小説家を目指したのは最近で、いろいろお話伺いたい」って悩み相談だよね？？　そこからどうやって金銭を引っ張り出すのかわからんけど……。おかあちゃん、だまされへんで！

アカウントへ飛ぶ。フォロワーが八千人くらいおる。うーん、さすがに八千人もだまされないよな……。私は詐欺の危険と好奇心とを天秤にかけ、もちろん好奇心を取った。ミーハーだったとも言う。彼の指定したふつうの喫茶店へ行く。ちょっとだけ、芸能人と友だちになれるかもしれんという田舎者の期待を持ちながら……。

そして……私たちは喋り倒した。わりと冒頭で同い年ということがわかってすっかり打ち解けてしまったのだ。なんだかタカノくん、芸能人じゃなかったんだよ、全然。本人に怒られるかもしれんけど。ふつうの面白い優しい奴だったんよ。そしてタカノくんから提案が……。

「裏垢を作って、お互いがお互いだけフォローして、小説の進捗状況を報告し合おう。相手が書いてたら自分も書かないとって思うし」

ＬＩＮＥだと既読・未読やレスの遅い早いが気になるけれど、この方法なら届いていようがいまいが気にせずにいられていいのだそう。

なんそれ、そんなXの使い方、お母さん知らんかったよ。さすがラジオパーソナリティ！電波に強いね。

そして私たちは今日まで毎日、つぶやき合っているのだ。「今日で三十七枚」とか「全部書き直すことにした」とか「〇〇って小説読んだら勉強になった」とか。ときには自分を仲間に入れてくれない文芸界への呪詛も。裏垢ってこんなさわやかな使い方あるんだね。既読がついたか気にしなくていいのは、ほんとにラク。気楽にだらだらとつぶやける。そして四十歳にもなって「一緒に夢に向かってがんばろう！」みたいな友だちができたのが嬉しい。

こないだ、自分の小説が酷評されて落ち込んだことがあった。思わずDMで愚痴ると、送ったそばから「…」が点滅し、タカノくんが何かしらを返信してくれようとしてるのが見える。「…」は点滅し、ふっと消えた。そしてまた点滅しだした。なにか書き込んで、やっぱりこれは違う、と消して、そしてまた書いて。どうやって励まそうか、考えてくれているのが伝わって、それだけでもう元気が出ていた。

小説ともだち、いいね。

大阪で生まれてない女

小説を応募するとき、経歴を書くように指定されることがある。「大阪府出身」と書くとき、私はほんの少し躊躇《ちゅうちょ》してしまう。

五歳で東京から大阪へ引っ越してきたとき、言葉がヘン、気取ってる、というのでずいぶんいじめられた、らしい。どういじめられたかは覚えていないけれど、マンションの隣にあった公園で、ひとりぽつんと膝を抱えていたことは覚えている。友だちがいないと親に思われるのが嫌で、その公園に出かけては私を仲間に入れてくれる親切な子が現れるのを待っていた。母によると、私は一か月で完璧な大阪弁をマスターしたそうだ。生き延びるために必死だったのだろう。

しかし、大阪弁をマスターした後も、大阪人と認めてもらえることはなかった。

よく覚えているのは、高校の頃。友だちといるときに親から電話がかかってきた。両親と話すとき、私は瞬時に東京の言葉に戻る。二言三言話して電話を切ると、友だちが「なんかお嬢さまみたいに話すやん」と爆笑した。「え、清って東京に住んでたんや。やっぱりな、なんか違うと思った！」

大阪に来て十年以上経ってもこれなのか。ひとりぼっちの公園がよみがえって胸が締め付けられた。

元々、奇抜な恰好で登校したり、半年間休学してドイツに行ったり、「へんこ」（変な子）や「チョーシ」（調子に乗っている子）と言われることが多かった。好意的にせよ、何かするたびにイジられることにだんだん息苦しさを感じるようになった。十八で上京したとき、自分でもあっけないほど大阪に未練はなかった。限りない自由を感じた。

でも、何かあると私は大阪の友だちに連絡する。帰省するとちっとも実家にはいないで友だちとの会合を午前も午後も入れまくる。大阪の友だちが東京へ遊びに来るときは、最高の東京見物プランを考える。

大阪の友だちはみんな照れ屋だ。涙ながらに相談すると、最初は一緒になって悲しんでくれるのだが、そのうちあんまり優しくするのが気恥ずかしくなって、笑いに変えようとしてくる。たとえば、私が何を相談しようが最後は「寝てまい！」（寝てしまえ）と言う子がいる。デモデモダッテも遮って「寝てまい、寝てまい」と連呼される。仕方なく電話を切って寝ると、本当に大体のことがマシになっているので、ちょっと悔しい。

彼女たちが相談してくるときも同じだ。どんな悩みでも、私の負担にならないように、ひとつやふたつのボケを入れてくる。そんなんせんでええんよ、重たいなんて思わんよ。そう思いながら、私もツッコミを入れる。そうすればどっちも気持ちが軽くなる。

それらは大阪で私が学んだことだ。

友だちでもない奴からのそれは別として、友だちの「へんこ」や「チョーシ」もそういう意図だったのかもしれない。そうやって私を大阪になじませようとしてくれていたのかもしれない。

このたび応募した文学賞に全敗し、小説に嫌気がさした私は大阪に帰ることにした。

——そんなに振り向いてくれないなら、いい！　最初からお前のことなんか別に興味ないし！　お前が先に私のこと振ったんだからな、いいな！　後悔してももう遅いんだからな！

というわけで、家族を引き連れ、パソコンも持たずに三泊四日で大阪へ帰ることにしたのである（ただの帰省）。そして夜は、久しぶりに地元の友らと飲み歩いたのだが……。

当然、「今、清なにしてんの？」と聞かれるのである。あるいは、「仕事最近どう？」とか。これが朝ドラなら「ぼちぼちでんなぁ」と誤魔化せるのだが、リアル大阪ではそうはいかない。「あー、今、小説家目指してて、去年会社辞めてんよなー（苦笑）」と自嘲トーンで答えてしまう。

だって、言いながらめちゃめちゃ痛い四十代やんって我ながら思うもの。もし他の子が同じセリフを言ってきたら、「えっ……」と固まってしまうと思う。

四十にもなって、子どももおるのに、お金は大丈夫なん？　とかとても気になる。しかも夢が小説家って。おいおいおい、もうちょっと現実見ぃやって言いたくなる。実現できそうな落とし所あったやろ、ってなる。へんこ、チョーシ、次は何を言われるのか。笑いながら身構える。

ところが、である。大阪の友だちの反応はこうだった。

「え、すごいやん！　本いつ出るん？　予約するわ！　サインちょうだい！」

すんなり、小説家志望の四十一歳は受け入れられるのである。ある子なんて「清の夢叶ったやん！」と言った（まだ叶ってない）。

夢みる者を人はそうそう笑わないものらしい。むしろ一緒にワクワクしてくれるらしい。今までいろんなものになりたがった私だけど、そういえばこの子たちに夢をイジられたことは一度もなかった。

プロフィール写真を初出しするときは、眼鏡をかけるかコンタクトレンズでいくか、友と激論を交わしながら、夢みることを恥じているのは自分だけだったのかもしれないな、と思った。

大阪の友だちにしか話せないことがある。大阪弁でしか治せない傷がある。

この本のプロフィール欄には迷わずに書くだろう。大阪府出身、と。

私たちはいつも同じところに立って

インタビューの最初に、その人はこう言った。

「繭子さんは、何を書かれるんですか」

一瞬、何を聞かれたのかわからなくて。だってこれは小説家になりたい「私が」なった人に聞いてみる連載だから。あ、この人はもしかして、これまでの連載記事を読んでいないのかもしれない。

「あの、この連載は小説家になりたい私が、あ、私、小説家を一応目指してるんですけど、文学の新人賞を獲った方々に……」と説明しかけて、こちらを気遣いながらも目がはてなになっているその人の顔を見て、気づいた。

その人は、私がどんな小説を書くのか聞いてくれたのだ。

私はかあっと胸が熱くなり、あわてて話し始めた。聞いてばかりだったから、自分がどんなものを書いているか全然うまくまとめられず、しどろもどろになった。

でも嬉しくて。

同じ、書く人として、その人が私を迎えてくれたことが。楽しみにその話を聞いてくれたことが。

インタビュアーはこちらのはずなのに、その後も何度も話は私の小説の話題に戻った。気が付いたら、生い立ちまでその人に聞かれるまま話していた。その人の口癖は「おっしゃるとおりです」で、そう言われるとぴかぴかの小学一年生のように嬉しくて、その人の質問にどんどん答えたくなるのだ。

「繭子さんのその小説、読みたい」とその人は言った。「あ、繭子さんって呼んでもいいですか、もう呼んでるんですけど」と付け加えた。

この連載を始めた時、「メンタル拷問みたいな企画」的なことを知らない誰かがつぶやいていて、ずっとその言葉が頭にちらついていた。小説家になれない小説家志望者が、小説家になった者に話を聞く。劣等感にあら塩をすり込んでどうするんだ、というような意味なんだろう。

でも実際は、これまで取材で会った「小説家になった人」はみな、私を小説を書いている人、つまり「小説家」として扱ってくれた。そこにはトロフィーもメダルもなく、一緒にこの得体の知れない小説というものと格闘する連帯感があった。「うちらの推し、超めんどくさいですよね、でもなんだかんだ好きだからしょうがないっすよね」といったたぐいの。

私たちはいつも同じところに立って、小説のことを話し合っていた。

取材時間は毎度のことながら大幅に延びて、終わったのは十三時半だった。おいしそうなうどん屋さんを見つけて入って、湯気がもうもうのうどんが差し出された。曇った眼鏡をひとり笑いで外したら、じわっと涙が出た。

その前の週、私はある人に「子どもを産んだ人はいい小説が書けない」と言われた。でも今日、「その小説、読みたい」って言ってくれる人がいた。私たちはいつも同じところに立って、小説のことを話し合っている。

私を名前で呼んでくれたその人は、新潮新人賞を「シャーマンと爆弾男」で受賞した赤松りかこさんです。

第五章

今日も世に出ませんでした

私が小説家になれないのには、101の理由があってだな

会社を辞め、「好書好日」のライターとして、たくさんの「小説家になった人」に会える立場になった。取材を重ねるうちに、「小説家になった人」には、いくつかの共通点があることに気づいた。そして、その共通点こそが「小説家になれた理由」なのでは、と考えるようになった。

そしてそして、ここからが肝心なところなのだけど、清はその共通点にことごとく、当てはまらないのであった！

小説家の共通点①　人見知りである。

小説家にぱーてーぴーぽーはいない。心を開いたとしても半開き程度である。そりゃ、初対面のあーたに対してだからでしょ、と思うかもしれない。でも、傍《かたわ》らにいる担当編集者に対しても、だいたい同じような距離感で接している（ように見える）。しかし、彼らはじっ

と観察している。おべんちゃらも、連絡先交換もしない代わりに、少し離れたところから人を見て知ろうとしているのである。人見知りの語源の一説に、人見（よその人を見る目）＋知る（気づく、感じ取る）がある。小説家はまさに、人見知りである。

一方、清はといえば、よく「ちょ、距離が近いって」と言われる。高校の頃、学校を休んで言葉の通じない異国で暮らし、一人も友だちができなかった経験から、同じ言語を使う相手には、やたらと人懐っこくなってしまった。「言葉が通じる＝友だちにならないと」と本能が叫ぶのだ。

小説家の共通点②　読書家である。

当たり前すぎるけど、読書家でない作家に会ったことがない。「私、全然読まないですよ～」と言う作家さんでも、それは他の作家と比べてであって、全然、ぜんっぜんっ、読んでいるのである。インタビューの中ですらすら書名が出てくる。そして、それらの本のほとんどを私は読んだことがない。知らない作家名もポンポン出てくる。その場では「ああ、あれですね」という顔をしながら、あとでこっそり図書館で探す。最新の海外作家もの、隠れた日本の名作……、取材するたび自分の学のなさを思い知らされる。そもそも、作家になる以前の積み重ねが違う。「小学生からそんな難しそうな本を!?」と驚くことが多々ある。いま、具体例が出せないのは、未読の本ばかりで書名を思い出せないのだ……。つくづく情けない。てか、そんなんで小説家目指してんの？　と自分でも思う。

小説家の共通点③　小説家以外、向いてない。

これには、なう兼業作家の一穂ミチさんや結城真一郎さん、以前、会社員をされていた朝井リョウさんもいらっしゃるので、あくまで傾向としての話だけど、小説家の人はよく「書くことしかできなかったので……」と言う。しかもそれを、結構暗めの顔でつぶやいたりする。謙遜でもなんでもなく、本当に他のことは上手にできなかったんだろうな、と作家になる以前の苦労が偲ばれる。

一方、清は置かれた場所でも咲けるタイプだ。器用貧乏なタイプだ。SPEEDでいえば、ダンスが一番の仁絵ちゃんでも、歌が一番の寛子ちゃんでも、容姿が一番の多香子ちゃんでもなく、オール4の絵理子ちゃんタイプである。何より十七年も同じ会社にいて、とても快適に社会人生活を送っていたのだ。凡人だなあ……といやになる。

小説家の共通点④　小説にメッセージを込めていない。

インタビュアーになって、一番の衝撃がこれだった。「この作品で届けたいことは？」というお決まりの質問をすると、純文学畑の多くの人が「小説で何かを訴えようとか、メッセージを込めることはない」と話すのだ。

――私は自分の小説で誰かを啓蒙したり、メッセージを発信したいとは思わないんです。ただ、読者にも自分自身にも、まだ見たことがない光景を見せたいと思っているんです。こういう状況があるんだ、こういう人がいるんだ、こういう感情の動きかたがあるんだ、とか。そういうことを知るために小説ってあるんじゃないかと思うんです。
（好書好日〈井上荒野さん「生皮 あるセクシャルハラスメントの光景」インタビュー　性暴力について小説ができることは〉より）

――小説で何か思いを表明する、ということを私はしません
（好書好日〈角田光代さん「ゆうべの食卓」インタビュー　コロナで一変した生活、でも人生は無味乾燥じゃない〉より）

――自分が書いている、というよりは、見たものを書き留めている、という感覚なんです。小説を書くときはまず、頭の中の水槽に、人や設定を入れて、その人と摩擦しそうな人も入れてみるんです。すると自動的にそれらが動き出し、私は、ただそれを誠実に書きとめます。
（好書好日〈村田沙耶香さん「信仰」インタビュー　小説を信仰し、実験し続ける〉より）

小説家の人々は、自分の中のテーマを深く掘り下げたり、精密な物語を作ることに目的があって、「誰かに読ませて感動させる」とか「自分の意見を伝える」とか考えていないのだ。ある意味、あまり読者を意識していない。自分の内側で書いている。

一方、清は小説で人を救いたい、と思ってきた。明確なメッセージがあって、それを押しつけがましくなく伝える手段として、小説の形を借りた。いわば小説は演出法の一つだった。彼らの話を聞き、その作品を読むと、急に自分の「メッセージ」を込めた小説が幼稚なものに思えてくる。これは自分の書く姿勢の根本的なことで、他の三点より重く受け止めていて、今も小説を書く上で、コンプレックスを持っている。だからまれに、「こんなメッセージを込めました」と話す作家さんに会えるとほっとする。

他にもまだまだあるけれど、落ち込むのでここまで。

以前、この話を通っている小説教室の根本昌夫先生にしたら、「そういうこと考えてる時点で、まったく小説をわかってない」と叱られた。

ですよね……。

小説家になりたい人、大ピンチ

もう、「小説家になりたい人」という肩書き自体、お返し（どこに）しなければいけないほどの、大ピンチ。

書けない。一文字も、書けない。

原因は、わかっている。渾身の一作が、落ちた。文藝賞に落ちた。一次も通らなかった。でも落ちた。これでデビューできなければ、何を書いてもダメだろうと思っていた一作だった。そもそも、その一作でよしんばデビューできたとして、そのあとどうするつもりだったんだ問題があるけれど、とにかく本気でそう思っていた。

どのくらい、本気だったかというと、「清繭子」の名前で応募しなかったくらい。

完全に受賞できると思っていたので、「清繭子」の名前で獲ってしまったら、「あんな連載やってて話題性があるから選ばれただけだ」と、邪推されてしまう……と危惧していたのだ。

我ながら、カン違いがいろんな方面にすごい。文藝賞の応募締め切りは連載が始まる前だったのに、すでにこの連載が出版界に知れ渡るような、受賞作の売り上げに寄与するような連載になると思っていたということも、「実力で獲ったのにそうじゃないとやっかまれる」と思っていたということにも。

ともかく、そのくらい、獲る前提で構えていた。だから、電話連絡が来るはずの時期が過ぎて落選が確実となったとき、呆然とした。プランBはなかった。気持ちを切り替えて、秋の文学賞に応募しようとした。ノートを開き、構想をひねり出そうとする。

「小説家になりたい人が〜」の連載開始以降、小説家志望のフォロワーさんが増え、タイムラインは「今日は何文字」「何回目の推敲」「これはこの賞に出そう」などのつぶやきで溢れ、それなのに、私は書き出すことができない。書き出そうとすると、「でもこんなのじゃ、受賞できるはずない」ということが頭にちらつく。あれでダメだったんだ、じゃあもうダメじゃないか。そう思ってしまう。

受賞を目標にせず、純粋に楽しんで小説を書いたらいいのでは、と自分に言い聞かせ、またパソコンに向かう。

書きたいことは、あれだった。

いやいや、それをさ、もっと小説として魅力ある切り口でさ、自分とは切り離してさ……。自分に言い聞かせる。

でもさー、あれがダメだったってことはさ、自分の書きたいことを世の中が求めてないってことじゃない？　という冷めた声が聞こえる。それでも書くんだ！　という気持ちになれない。届かないならなぜ書く？　と思ってしまう。自分から離すと熱量が続かない。一文字も書いてないから、「書く楽しさ」にたどり着かない。「書けない苦しさ」だけが横たわっている。

これまで取材してきた小説家たちの言葉がぐるぐる頭をめぐる。こんな人はいなかった。こんな、こんな初歩の段階で、「書けない」に陥っている人はいなかった。これじゃ、小説家になりたい人の風上にも置けない。ただの、「小説を書いていない人」だ。刻々と迫る応募期限。そのプレッシャーもある。タイムラインでは今日も誰かが、小説を書いている。

もうこれは切り替えるしかない。書きたいと思うまで、他の小説を読もう。たくさん悔しい気持ちになろう。応募期限が気になって、インプットの読書ですら、飛ばし読みしていた。いったん、そこは忘れて、ちゃんと小説を読もう。小説だと飛ばしちゃうなら、映画館に行って映画を観よう。自分のなかの気持ちを待ってみよう。

小説を書いていない人、から始めてみよう。

群像にも文學界にも出さなかった話

文學界、出せなかった。群像、出せなかった。出そうとはしてた。なんとか、初稿は書いた。

でも、だめだった。書いても書いても、超えられないのだ。受賞作を、じゃない。自分が、春の文学賞に出し、一次も通過しなかった作品を超えられない。

春の文学賞に出した作品は、「これでデビューできないんだったら私はなにを書いてもデビューできない」と思った作品だった。

大切な人に死なれた経験を真正面から書いたものだった。私の中で、小説に書くしかもう昇華させるすべがない、小説を書く理由そのものの、作品だった。その作品を書き上げるまでに三年かかった。書いては、筆が止まり、自分事すぎると距離を離してみたり、きれいごとに書きすぎていると内臓をえぐるように書いてみたり。

その間に会社を辞めた。ライターになった。でもそんなことはもちろん、小説の質には関係ない。努力したからといって、何かを犠牲にしたからといって、小説を書く理由が切実だからといって、小説の神様がほほ笑んでくれるわけじゃない。

というか、小説の神様なんていなくて、ただ、うまい小説とうまくない小説があるだけなんだろう。

わかってる。でも、私の中で、あの作品は、私が今書ける、最大のテーマの最高の仕上がりの小説だった。それが一次も通らなかったのだ。

その時に、もっとちゃんと落ち込めばよかったのかもしれない。落ち込んではいたけれど、受け止めるのが怖くて。だって受け止めてしまったら、私はもう「小説家になれない」ことになる。だから応募総数が、とか、作風が、とか言って自分を慰めてしまった。それがよくなかったのかもしれない。

文學界と群像には、あの作品ではない他の作品を書かないといけない。でも、何を思いついても、書き出してみても、やっぱりあの熱量を超えられない。じゃあ、あのテーマはあのテーマのままで、今度は完全にフィクションで、と書き出してみたら書き出してみたで、やっぱり完成度があの作品とは全然ちがう。書いているそばから、「これじゃない」「これじゃダメ」ってことがわかってしまう。そうこうしているうちに、締め切りは過ぎていった。

途中で、純文学の賞に出すのはもうムリだ、と思った。少なくとも今はまだ、あの作品に囚われ過ぎていて、ムリだと思った。純文学を憎みさえした。なぜあの作品じゃダメなんだ、そこが自分にはどうしてもわからなかった。

結局私は、すごく傷ついていたのだった。自分の書く力に絶望していたのだった。あの小説が認められなかったことに、すごく怒っていた。半年も経ったけど、半年ではどうにもならないほど、傷ついていた。回復していなかった。

約束をしていた。小説を書くことを。小説を書く人になることを。

ごめん、全然できてないよ。書いてあげたかったのに、うまく書けなかったみたい。ちゃんと書けたと思ったのに、あれじゃダメみたい。河原でべそべそと泣いた。久しぶりにその人のことで泣いた。

私はいつ回復するのだろう。今日は群像の締め切り日で、出さないと決めたものの、未練たらしくあの作品を読み返していた。やっぱり自分にはもう改稿のしどころはないような気がして、この作品を捨てて、新しく書くしか方法はないんだと思った。

今はまだ、引きずっているけど、いつかまた、違う形で、あなたのことを書き残すからね。そのためにもっと、うまくなるから。そのために書く立場になるルートを探してくるから。べそべそ泣いてる私に、もう一人の大人の私がちゃんとやってくれた。全然別の小説を、林芙美子文学賞とR‐18文学賞に出した。

私、書くね。

ドキュメント落選

来てる、これは、来てる。

先週、連載のふぁにーちゃん（すばる文学賞・大田ステファニー歓人さん）の記事がバズった。その波及効果でｎｏｔｅもＸもフォロワーが増えた。その前の週に、村山由佳さんが私のｎｏｔｅ「子どもを産んだ人はいい小説が書けない」をＸで紹介してくれ、そちらもバズった。来てる、これは、来てる。

この流れで、金曜日、私は林芙美子文学賞の二次を通過するはずだった。ふぁにーちゃんのおかげで通知が止まらないＸを眺めつつ、私は合間に何度も林芙美子文学賞のサイト更新をチェックした。昨年はこの日に発表があったのだ。土日は事務局の方々もお休みだろうし、発表するなら金曜にちがいないと踏んでいた。

一向に更新されないサイトを見ながら、「林芙美子賞、二次通過してました！」と投稿する自分を想像する。

第五章

今日も世に出ませんでした

前回、「一次通過しました！」と投稿したときには、市川沙央さん、西村亨さん、屋敷葉さん、ふぁにーちゃん、と連載で取材し、かつXのアカウントを持っている人全員がいいねをしてくれたのだった。

みんなが、こっちおいでって言ってくれてる……!!

脳内で勝手にそう変換し、あのとき私は多幸感に浸っていた。これで二次通過したって言ったら、どうなっちゃうんだろう。でへへ。まだ何も起きていないのに鼻の下がのびる。ふぁにーちゃん経由、村山さん経由で私をフォローした人も「ほう、こいつ、一発屋じゃなくて、ちゃんと実力もあるわけね」と感心するにちがいない。清は「実力」という言葉に非常にヨワい。喉から手が出るほど欲しい。

にじつーか！　にじつーか！

心のスタジアムで全清が叫んだ。が、とうとう夜になってもサイト更新はなかった。

そして土曜日が過ぎ、日曜日が過ぎ、月曜日である。事務局の方も働き出す月曜日である。

私はそのとき、次回の連載の原稿を書いていた。文藝賞優秀作を受賞した佐佐木陸さんの回だ。最終選考に四回も残ったことがある強者で、しかし本人はそれを「落選は落選」と受け止めていた。「落選」という言葉を連打しながら、縁起悪いな……とひとり笑いして思い出した。

そうだ、今日こそ林芙美子賞の二次、発表されてんじゃないの？

私は姿勢を正す。目をつぶり、手を合わせ、応募した作品を思い出す。タイトルは「そんなとこにはもういない」だった。うん、悪くない出来だった。去年の一次通過した作品より、進化しているはずだ。だからきっと大丈夫。

えいっとサイトを開ける。「二次選考結果」とタイトルが出る。キター！　祈る気持ちでスクロールしていく。

「そんなとこにはもういない」は、そこになかった。

………。

サイトを閉じて、佐佐木さんの原稿に戻る。パチパチと文字を打つ。ダメだ。Xに書き込もうと携帯を取り出す。「林芙美子賞……」と打ちかけて、どう打っても痛々しい感じがしてやめる。裏垢に、「落ちた……」と入れる。小説ともだちががっかり顔のスタンプで返してくれる。また、佐佐木さんの原稿に戻る。ダメだ。

なんで私、朝に確認しちゃったんだろう。仕事終わりに確認すればよかった。だって、当然通過してると思ったんだもん。毎回だけど、その自信どこからくるん？　知らんよ、生まれつき自信があんだよ！　マーク・ザッカーバーグとジョージ・ルーカスと同じ誕生日だからなんつーかアメリカ人的な自己肯定感があんだよ。自分に期待すんのやめなー、まなべー。うっせー！　おれ、ちょっと走ってくるわ。

と、仕事が手につかず、徒歩三十秒のチョコザップに行って十五分だけ走る。仕事は今日

第五章
今日も世に出ませんでした

も山のようにある。ありがたくも悲しい。

今日も「実力」を手に入れることはできなかった。たしかにな、あれは屋敷葉さんの取材に触発されて急遽締め切り二日前に応募を決めて、過去作を突貫で大改稿して出したんだよな。だからダメなんだわ。と、いう言い訳をする。「実力」のせいだとは思いたくないから。

それから事務作業に打ち込む。でも脳のどこかではずっと誰かが「落ちた、落ちた、落ちた……」と呟いている。呟くな。いつもの六〇%程度しか働けず、保育園お迎えの時間になる。なぜかおいしい夕食が食べたくなって、めずらしくちゃんとレシピを見て「大根と鶏肉のガーリックソテー」を作る。「死ぬ前に食べたいもの」でいつも答える豚汁も作る。子どもたちもおいしかったらしくバクバク食べる。積み木で高い塔を作り、子どもから尊敬のまなざしを得る。上の子がピカチュウを一生懸命描いて、その上達ぶりに目を瞠《みは》る。その間もずっと、頭の中では「でも落ちた、でも落ちた、でも落ちた」と誰かが言っている。「でも」ってなんだよ。

な、なんじゃこりゃあ!!

お風呂上がり、鏡を見て驚いた。歯が黒いのである。歯の神経死んだ人みたいに前歯が黒ずんでいるのである。念入りに歯磨きをする、でも黒ずみは消えない。もしかして、虫歯に？　いや、痛くない、しみない、血も出ていない。あ、こ、これは……ステイン汚れってやつ!?　そういえば、ここ最近ずっと夜中まで仕事の原稿か小説を書いていて、その間、眠気覚ましに紅茶をがぽがぽ飲んでいた。

歯の黒ずんだ小説家志望の四十一歳……。虚しい、なにもかもが虚しい。この先、小説家になるなんて無理だという気持ちに襲われる。生まれ持った謎の自信をどこかへ失くす。せめて、歯の黒ずみは取ろうと、指で歯の表面をこすってみる。しかし、いつまで経っても黒ずみは取れないのであった。

人がみな　われより書けそに　見ゆる日よ　ステイン汚れも　ぜんぜん取れない

書きたい理由

連載「小説家になりたい人が、なった人に聞いてみた。」で必ずする質問がある。

――小説を書きたいと思ったきっかけは。

書くことしかかなわない体になって書いた人、コロナ禍の外出制限で暇を持て余して書き始めた人、そのきっかけはさまざまだ。では自分は、と振り返ってみると、どうも思い出せない。なぜ、私は小説を書きたいんだっけ――。

承認欲求ももちろんある。内容のある人間だと思われたい。才能があると思われたい。一味違うと思われたい。でも、それだけじゃない。

言いたいことがある、というのもある。悲しく終わってしまった出来事を、もう一度捉え直してみたい。ただ悲しかっただけじゃなくて、意味があったことだと思いたい。悲しさのなかの可笑しさとか、優しさとか、美しさを見つけたい。でも、それだけじゃない。

私はなんでまた、誰にも求められていない、お金にもならない、小説とやらを書いているんだろう。

一昨日、「女による女のためのR‐18文学賞」で一次通過した。林芙美子文学賞の二次で落ちて落ち込んだところだったから、よけいに嬉しかった。「一次通過しました」とツイートすると、たくさんの人がいいねを押してくれた。ありがたかった。

R‐18文学賞は窪美澄さんのデビューのきっかけとなった賞だ。あのとき、まだ美澄さんは美澄さんでなくて、私が編集していた女性のための健康雑誌「からだの本」でよくお願いしていたベテランライターさんだった。よく二人で一緒に、PMSとかアロマテラピーとか生理不順とか、そんなテーマを取材しに行った。先輩から「この人に頼めば原稿は間違いないから」と美澄さんを紹介されて、実際、その通りだった。でも、小説を書いてるなんて知らなかった。美澄さんは大きなお子さんがいらっしゃって、でもとてもそんなふうには見えない若々しさで、いつもおしゃれで、私の恋バナも楽しそうに聞いてくれ、原稿は締め切り前に上げる（そして赤字はほとんどない）頼れるお姉さん的存在だった。

しばらくして、休憩時間に読んでいた「anan」で気になる本を見つけた。『ふがいない僕は空を見た』。すてきなタイトル、面白そうな本だと、なぜかずっと心に残った。『ふがいない僕は空を見た』が出た二〇一〇年、私は「象のささくれ」という作品で「深大寺恋物語」審査員特別賞に選ばれた。

翌年三月、「からだの本」の読者イベントで八芳園にいるときに東日本大震災が起こった。

大広間の揺れるシャンデリアに、小六のとき、大阪で遭遇した阪神・淡路大震災がフラッシュバックして、パニックに陥った。その日は帰宅するのを諦め、八芳園のご厚意でそこに泊まらせてもらうことになった。そのとき、先輩が「○○さん（美澄さんの当時のライター名）ってね、小説家になったんだよ。知ってる？『ふがいない僕は空を見た』っていう小説なんだけど」と言った。

あの本を、あの人が？　いつも一緒に仕事をしている、あの人が？

そのとき私は「悔しい」と思った。その年のR‐18文学賞には応募していないのに、悔しいと思ってしまった。なんの努力もしていないのに、嫉妬した。

私は本なんて出せなかった。その本が「anan」の書評欄になんか載らなかった。あのとき、たしかに嬉しかった審査員特別賞が色褪せて見えた。しばらくの間、『ふがいない僕は空を見た』を読めなかった。

そのあと、R‐18文学賞のテーマから「性」がなくなって、私は二回応募した。二回とも一次すら通らなかった。そのことを美澄さんには恥ずかしくて言えなかった。

同じように仕事をしていた人が「書ける者」で、自分は「書けない者」だということが、苦しかった。美澄さんが小説家になったことで仕事があることが言い訳にならなくなってしまった。ただ、力がなかった。

それが、今年、初めて一次に通った。まだ頑張ってもいいんだ、と思った。

ああ、そうか。だから自分は小説を書いているのか。
小説を書くとき、私は自分に期待をしている。それが嬉しくて、自分に期待していたくて、
私は小説を書いていたのか。
保育園にお迎えの自転車を走らせながら、まだ一次通過でしかないのにワクワクしている
自分が、可笑しくて頼もしかった。

ドキュメント二次通過。そして……

R-18文学賞で二次通過した。初めての二次通過だ。そのとき私はなぜかスーパー銭湯に来ていた。超リラックスした状態で岩盤浴をしながらXを眺めていたら、R-18関連のツイートがちらほら流れてきて、「これは二次の発表あったな……」と思ったもののしばし結果を見に行くのを躊躇してしまった。

せっかく休みを取ってスーパー銭湯に来たというのに、もし結果がダメだったら？　そのあとの岩盤浴、そのあとの炭酸泉、そのあとのサウナ、そのあとのオロポ、全部全部心ここにあらずになる。MOTTAINAI。入館料1980円がMOTTAINAI。でも、やっぱり気になるっ！

結果を見るときのいつもの儀式をする。その場で可能な限り姿勢を正し、自分の応募作のあらすじを思い出し、うん、あれは名作だった、受賞に相応しい作品だった、ゼッタイ私なら選ぶね、文学史が今日で変わるわ、こんにちは金屏風、こんにちは文壇、こんにちは帝国ホテルのローストビーフ！　と想像してから結果発表のページを開けるのである。

スクロールしていく。いつも締め切り日ぎりぎり応募の私は、通過したとしても名前があるのは最後の方だ。まだ、大丈夫、まだスクロールできる。まだ可能性はある。どき、どき、どき。

あ、あああああ、あったー！

【作品名】　受賞の言葉
【作者名】　清繭子

に、二次に通ってたーっ！　しかもR‐18文学賞は二次通過すると編集部からのコメントがもらえるのだ。

【コメント】　小説家になりたい、と思いながらも何者にもなれずにいる、「モブキャラ」の「私」の話。大きな物語展開があるわけではありませんが、地に足のついた生活者である「私」の一人称には、「あるある」の面白さが詰まっていて、思わずニヤリとさせられました。固有名詞の出し方やディテールがしっかりしていることに加えて、絶妙な比喩表現や、リズムのある文体がそれを支えています。

ほ、褒められてるよね？　私、褒められてるよね？（そりゃそうだよ、通ったんだから）

さっそく私はツイートする。「二次通過してましたー！」

すぐにみなさんから「いいね」が付く。いっちー（市川沙央さん）が「おめでとうございます！もっともっと行ける行け〜！絵文字絵文字絵文字絵文字」と絵文字いっぱいでコメントをくれる。ぶわっと嬉し涙が出る。

そこから先はずっと反芻していた。岩盤浴で反芻、炭酸泉で反芻、日替わり湯で反芻、サウナで反芻、水風呂で反芻、オロポで反芻、電車で反芻、お迎えで反芻、ご飯作りながら反芻、翌日も反芻、翌々日も反芻、以下きりないので省略。もし私が牛だったらものすごい量の草を上質な肥料に変えていたことでしょう。

そのあとやっと少し正気を取り戻し、他の通過者のみなさんの作品に対する選考コメントを読んでいたら……ずん、ずんずん、ずんどこ、キ・ヨ・シ！　ってな感じで落ち込んできた。みんな、どえらい面白そうな作品やないか……。こ、コメントもなんか、私のよりいっぱい褒められてる気がする……。

で、でででも！

これまで二回出して一次も通らなかった自分が、二次通過はすごい！　確実に筆力が上がっておる！　そのことをまずは喜ぶのだ！　いやでももっと先にも行きたい！　行ける！

「受賞の言葉」で受賞の言葉を言うのがわいの夢なんや！（言霊）

そして余韻に浸るのはいいけれど、今後は言動に気を付けるのだ……！　なぜならＮＨＫの最終面接で浮かれまくって、健康診断会場でペチャクチャ未来の同期（仮）に話しかけまくって、係の人（じつはお偉いさん？）に注意され、そのあと役員面接でしっかり落とされたのだ。同じ轍は踏むまい。リメンバーＮＨＫ。

だから私、余計なこと言ったり、騒いだり、運営さんに迷惑かけるようなこと一切しません。ＳＮＳとかも慎むし。本当に大人しく自宅で余韻に浸ってサインの練習とかしているので……なにとぞ……なにとぞ……。

二次選考の次は最終選考だ。最終選考に残ると電話連絡が来る。某匿名掲示板で昨年電話が来たという日を念頭に置き、その日はマナーモードにせずに電話を待った。

待った。

……待った。

いやー、鳴らなかった。リンともルンとも鳴らなかった。他の最終選考通過者にはもう連絡があったのだろうか。つい某匿名掲示板を覗いてしまう。すると、わ、私の名前が出てる。ひぃっ、怖い！　ネット怖い！「清さん、最終選考いくんじゃない？」「いや、あの編集部コメントの感じじゃぃかなさそう」しょぼん……。そんなんうちかて思ってる！

第五章

今日も世に出ませんでした

毎日チェックしていると、時々また「清さん」の話題が出てくる。ひぃぃっ！　しかし、ありがたいことに、つねに私の名前は「さん」付けされていて、イヤな気持ちになるコメントは全然なかった。それどころか、「応援してる」というコメントまで見つけて、え、この人身内かな？　って思った。自作自演を疑われ、「わたし、清さんじゃないよ」とその人は否定し、うん、その人が私じゃないって私も知ってる、と思い、ご本人登場しそうになったけど、堪えた。リメンバーＮＨＫ。ドントフォゲットＮＨＫ。これから先も私が匿名掲示板に書き込むことはないであろう。エゴサーチはするかもしれんが……。さん付けしてくださった皆さん、ありがとうございます。今後ともなにとぞお手柔らかに。

結局、最終選考には残らなかった。じつはこのエッセイ、Ｒ－18文学賞を受賞したら華々しい締めくくりができるから、その結果発表後に締め切りを設定してもらっていた。

それほど謎の自信があり、二次選考まで行ったときには、マジ金屛風の未来しか見えていなかった。エッセイと受賞作単行本の同時発売も戦略としてはアリだよね、なんて思っていた。どれどれ、出版不況を吹き飛ばしてやりますか、と指の関節をコキコキ鳴らしていた。

ほんとにねー、そういうもんじゃないのよ、受賞って。勢いとか、運とかめぐり合わせとか、戦略とか策略とか、そういうもんじゃないのよ。その作品が受賞する力がある、力がない、のどっちかでしかないのよ。

そのことを連載を重ねれば重ねるほど理解していったのだが、今回は骨の髄まで脳のひだひだの隅々までよくわかった。

でも、ま、俺の目指したお前がそういう奴でよかったよ！（フラれた奴がせめて体面を保とうとするやーつ）

第六章

あの子のすごい私

ひょうたんからエッセイスト

すべては北の国から始まった。

「好書好日」では、ライター自身が「この著者にインタビューしたい」と企画を立てる。その日も私は次の企画を考えるべく、新刊情報をチェックしていた。すると、倉本聰さんの自伝的エッセイ『破れ星、流れた』が発売されるというニュースが。え、てことはこの新刊で倉本さんに話が聞けるってこと!? あの不朽の名作ドラマ「北の国から」の脚本家の倉本さんに!?

私は秒で企画を立て、版元に取材OKをもらい、富良野に電話をかけて倉本さんにお話を伺った。その声はお腹の底から響くような声で、やはりこの人は演劇の人なんだ、と感激だった。倉本さんからは一文字の直しもなかった。嬉しくて嬉しくて、調子に乗って素敵な機会をいただいたことへのお礼状（という名目のファンレター）をしたため、担当編集者のKさん経由で届けていただいた。

するとと今度はそのKさんから太田光さんの『笑って人類！』のインタビューをしないかとお話をいただいた。えっ、あの伝説のラジオ番組「爆笑問題の日曜サンデー」のドドくんの!?（認識、偏ってる）もちろんお引き受けした。太田光さんは優しさと鋭さを併せ持つ、深い色の瞳をした方だった。

その時、初めてKさんにご挨拶した。今までは電話とメールのやりとりだけだったのだ。「やっと会えましたね」と辻仁成さんの名台詞をキメつつ交換した名刺には「取締役」と書いてあった。

「と、とりしまりやくぅ！」

どうしよう、なにか失礼はなかっただろうか？　これまでの言動が頭の中で駆け巡る。「名ばかりよぉ〜」カラカラと笑うKさん。これアレですよね。清掃員もしくは窓際族と思ってた人に親切にしてたら後日、その人が社長っていうことがわかるアレですよね!?　どうしよう、私、Kさんの前で猫拾ったり、おばあさんの荷物持ったりしてない！　猫は拾ったことないけど、おばあさんには割と親切にしてるのに！

数日後、Kさんからメールが来た。

「清さんてフリーランスなんですよね。うちでもお仕事頼みたいので、まずはお茶しませんか？」

え、夢なのかな？　まだおばあさんに席譲るところ見せてないけど……。

　幻冬舎でのお仕事？　タレント本に強いから、その構成とか？　期待を胸いっぱいに膨らませ、ポートフォリオと勝手にタレント本の企画書まで書いて、打ち合わせに臨んだ。

　が、その後、発注はとくに来なかった。まあそんなものか、倉本さんと太田さんに取材させてもらえただけでよかったじゃないか……（フリーランスは売り込みのあと、こうやって心の傷を軽くする傾向があります）。そうやって忘れようとしていたところ、Ｋさんからメールが来た。

「思いついちゃったんだけど、あのｎｏｔｅ『小説家になりたい人（自笑）日記』を本にするのってアリですか？　清さん的にどうかな？　小説家を目指してるところ、マイナスになっちゃうかもしれないんだけど」

　えええええーーーーわーーわーわっわわーわ！　アリですアリです。アリ寄りのアリです！

　Ｋさんが私のｎｏｔｅを読んでくれていることだけでもう震えるほど嬉しかった。しかも自著!?　作家デビュー!?　徹子の部屋!?　ありがとう、「北の国から」のＶＨＳを貸してくれた先輩！　ありがとう、一緒に見てくれた妹！　ありがとう、黒板五郎！　ありがとう、ルールルルルー！

――いや、待てよ。

　清の脳内にこれまでの「惜しかったね～」「あと一歩だったんだけどね～」という残念賞シーンが走馬灯のように流れた。

小学校の児童会の選挙スピーチでマイクがオフになったまま話し始めちゃって全校児童に笑われた場面から始まり（もちろん落選）、ＮＨＫの役員面接で「あなた、子ども番組作りたいって書いてあるけど、あれ作ってるのＮＨＫエデュケーショナルだからね？」と言われて時が止まったところ、「単行本デビューしませんか」というメールの宛名が自分の名前じゃなかったあの瞬間――、それらすべてが私を止めていた。

――期待しちゃ、ダメ！

Ｋさんが書籍化したいって言ってくれても、社内の会議に通らないかもしれないし、よくよく聞いたら自費出版のお誘いかもしれないし、会議に通っても初稿で「このクオリティじゃダメだわ」ってお蔵入りになるかもしれないし、不況のあおりを受けて「あの話ナシで」ってなるかもしれないし、紙代、印刷代の高騰で予算では通っていたＰＬ（損益計算書）が発売日直前に赤字になるかもしれないし……。元出版社勤務だった経験も駆使してあらゆる〈ダメだったパターン〉を想定した。

いちばん心配だったのが、企画者であるＫさんがなんらかの原因で私の担当を外れること。Ｋさんに会うたびに、「Ｋさん、どこか不調はありませんか？　人間ドック行ってますか？私のエッセイの発売日まで絶対元気でいてください」「Ｋさん、転職とか考えてないでしょうね？　私のエッセイの発売日までは絶対この会社にいてくださいね」などなど、かなり重ための彼女のごとくＫさんに縋ったのだった。そのたびにＫさんは「安心してくださいよ～清さんの本、出しますよ〜」と優しくなだめてくださった。

この原稿は正式に社内で企画が通り、発売予定日も決まったので、刊行に向けて書いているわけだが、この段階でも、なお本当に本が出るのか信じ切れていない自分がいる。先日、Kさんから装幀を誰にお願いしようかという相談メールが来たのだが、「装幀を発注するってことは、本当にこの本が出るってことですよね⁉」と念押しして呆れられた。

たぶん、私は発売日に書店に本が並んでいるのをこの目で見るまではずっと疑い続けると思う……。いや、並んだのを見たとて信じられるか微妙だ。どうか、大掛かりなどっきりとか、事故で昏睡状態に陥った私が見ている壮大な夢とかではありませんように――。

ねえ、みんな、この本、ちゃんと実在してるよね……？

ちょうどよく自分を書くって？

このあいだエゴサーチをしていたら、「自虐が鼻につく」的なコメントが一件あった。「清さんのｎｏｔｅ、自虐がいいよね」と言われたこともある。そうか……私の書いてることって自虐なのか……とちょっと落ち込んだ。なぜかというと、じつは私も他人の自虐が苦手なのだ。

たとえば、「私もうＢＢＡだから」みたいなのが苦手だ。私と同じアラフォー、場合によっては私よりもずっと若い人がそれを使ったりする。思ってないくせに〜!!　となる。「え〜そんなことないよ」って言わなあかんやつ、これ？　ってなる。自虐は周りの人に気を使わせる、ネガティブ王様の遊びである。

私のｎｏｔｅは「小説家になりたい人（自笑）日記」という。

書くにあたって、ひとつだけ決めたことがあった。それは「みっともないことをなるべく隠さずに書く」。あれだけ、いろんな人に心を開いて喋ってもらっているのだから、私だけ取り繕うわけにはいかないと思った。だから、できれば隠しておきたい嫉妬、浅はかな考え、こんなになっても自分の可能性を信じまくっているところ、「俺はまだ本気出してないだけ」って言い訳している姿、をお届けしてきた。ただ、(自笑)であっても(自嘲)はしてないつもりだった。

そこを書き分けるポイントとはなんぞや。

向田邦子、さくらももこ、北大路公子、ジェーン・スーなど名エッセイストの文章を振り返る。彼女たちは自分を笑っているけれど、決して自虐的ではない。自己批判的ではあっても、自罰はしていない。でも自慢もしていない。

そうそう、「自慢しない」というのも難しい。失敗談ばかり書いているとつい、浅はかではない自分もアピールしたくなって、誰かに褒められたことや過去の栄光エピソードをお披露目したくなる。しかし、友だちの栄光エピソードさえくそつまらんのに、友だちでもない私の栄光エピソード……いらんよなあ、とBackSpaceを連打する。そして、また過去にあった悲しいこと・ムカつく出来事を引っ張り出してくる。すると今度は、「なんかいつも被害者な私」になってしまう。

ああ、ちょうどよく自分を書くって難しい！

エッセイの初稿ができ、担当編集のKさんに恐る恐る提出すると、メールでたくさん褒めてくれたあと、こう書かれてあった。

「でもちょっと五月蝿《うるさ》いかなあ」

は、恥ずかし！　「うるさい」ではなく「五月蝿い」というのがまた、グサッと来る。

「私って変わってるでしょ、私って面白いでしょって感じが漏れちゃってます」

身に覚えがありまくりの指摘。そうなのだ。基本的に私は私のことが好きなのだ。みっともない姿を晒しながら、でもそんなところも可愛いよね、と思っている。これには頭を抱えてしまった。

みっともないことをありのまま書く、でもそれを晒す自分にうっとりしない、かといって、謙遜アピールしたいがための自虐ツッコミも入れない。ぐぎぎぎぎ、改稿の手が完全に止まってしまった。すると、Kさんからヒントが。

「初稿の銭湯のおばあちゃんの話とか、お母さんにポエムを貼りだされちゃった話とか、あいうの、もっといっぱい書いてくださいよ」

そうか、「自分」じゃなくて「他人」を書けばいいのか！　そして他人を書くことで私というものを表現すればいい。

小説も深いけど、エッセイも深い。なぜかエッセイを小説より一段低いものだと考えていたけれど、誤りであった。エッセイにはまた別の難しさがある。

最近もっぱら名エッセイを読み漁っている。大人になっても「進化できること」があるのが嬉しい。

ペンは倦怠期よりも強し

夫の様子がおかしい。

この春、上の子が晴れて小学生になった。入学に当たり、さまざまな雑事が発生した。おはじき一つに至るまですべての持ち物に記名、各種健康調査票、非常時連絡票等に記入、学童用のお弁当作り、前日に突然言い渡される「セロテープを持参せよ」などの指令——。それらすべてが、提出日や期限がばらばらに設定されており、非常に入り組んでいる。取説アレルギーで、便利家電の二〇%の機能しか使えない私にとっては、とても気が重い。

入学式の後、子どもを連れて卒園した保育園に報告に行き、ついでにお友だちとわあきゃあし、楽しかったのもつかの間、ああ、明日までにあれとこれとあれをしなければ、と帰宅して大きなため息をついたら、

「名前つけ、やっといたよ」と。

すべての持ち物に夫の奔放な字で子の名前がでかでかと手書きされている。

うっ……。

私は混乱した。

面倒だと思っていたミッションが突然全部クリアになった喜びと、最初の持ち物は全部美しいフォントで名前を入れようと何か月も前から「お名前シール」と「お名前はんこ」を買っていたのに……という落胆と、それを夫に言うとへそを曲げるから言っちゃだめだけど、こらえきれないからちくりとは言ってやりたい意地悪と、いつのまにか入学準備は全部ママの仕事だと私自身が思い込んでいたことのジェンダーバイアスの恐ろしさと、だから当然のようにさらっと流せばいいのか、でもやっぱりありがたいから感謝するべきかという逡巡と。

「あ、りがと……」

感謝の言葉に混乱が滲み出た。

その夜、夫と子どもが寝静まったあと、どれ、じゃあ私は各種書類の記入を、とため息をつきながらクリアファイルから書類を取り出し、また驚いた。こちらも夫の手によって記入が済んでいる。

翌朝、夫が子どものお弁当を「おにぎりだけだけど、にぎっといた。おかずはお願い」と言って出勤していった。どうした、どうした、めちゃくちゃ親切やないか！

その夜、帰宅した夫は子どもの明日の持ち物を確認し、セロテープがいることに気づくとダイソーへ走った。

第六章

あの子のすごい私

「ほんと、ありがとう」

もうここまでくると、混乱を飛び越え、心からの感謝の言葉が湧いてくる。すると夫はこう言った。

「こういうことは二人でやることだからね」

！！！！

たしかに夫は元来、とても親切な人間だった。家族で旅行に行くと、だいたい私の忘れ物か子どものぐずりで予定の電車に乗り遅れるのだが、彼はそれを見越して、逃した場合の次の電車まで調べてある。キャンプでＢＢＱをした後、片付けは明日の朝、明るくなってからでいいよね、と寝ると、早朝に起きて全部済ませておいてくれる。

ただ、最近ではお互いの仕事が忙しくなり、子どももわちゃわちゃし、余裕がなくなり、付き合いたての甘いムードも皆無で、家事の分担について何度か口論になっていた。

そもそも、口下手で照れ屋な夫は、親切を実行するときも無言でやる。「ありがとう」と「ごめんなさい」を言えない。私のことを名前で呼ぶことすらない。そのうち夫婦カウンセリングに行ったほうがいいかもとさえ思っていた。その夫が、

「こういうことは二人でやることだからね」

ときたもんだ！

これはおかしい。地殻変動が起きている。何が彼を変えたのか――。

思い当たる節は、ある。

一週間前、夫のことを書いた「恋はやけくそ」を一応本人に「これが本に載ります」と見せた。「どう？　悪くは書いてないでしょ」と聞いたら、夫は「まあね」と努めて無関心を装っていたが、その口の端に笑みがこぼれていた。あれ、よほど嬉しかったのね……。

ペンの力はかくも偉大なり。

著者近影――それは自意識との戦い

これまでインタビューの仕事でいろんな人の撮影に立ち会った。全然気にせず自然体で写る人もいれば、自分の見栄えに敏感な人もいた。前者の方がなんだか作家っぽいし、かっこいい。私が取材されるようなときが来たら、そうでありたいと思っていた。そしてこのたび、この本のため、著者近影を撮ることになった。

途端に自意識が大暴れした。

――美しく写りたい。

まず、本格的なジムに入った。ドン・キホーテでもち麦を買った。楽天でプロテインを買った。チョコザップの歯のホワイトニングに通い始めた。夜な夜な通販で当日の衣装を探し、イヤーエステのモニターへ行き、眉カットサロンの回数券を買い、サ活も始めた。名作エッセイを読むとか、小説書くとか、エッセイのゲラを直すとか、ほかにやるべきことがたくさんあるのに、急激にチャラチャラし始めたのである。そして、それを誰にも知られたくなかった。
着の身着のまま、ふだんのメイク、ふだんの肌の調子、ふだんのボディラインで来たていで写りたい。あ、今日撮影日でしたっけ、忘れてたわ、ってていで写りたい。目下の検討事項は、撮影当日、自費でヘアメイクをつけるか否かだ。雑誌編集をしていたので、仲の良いヘアメイクさんはいる。でもこんなに張り切っているのをカメラマンの武藤さんや、「好書好日」のＫ編集長、担当のＫさんに知られたくない。でもきれいに写りたい。

ヘアメイクを呼ぶべきか否か、ウンウン悩んでいたら数年前の出来事を思い出した。

ある年の暮れ、妹に会ったら、横顔のラインが美しく様変わりしていた。以前からしていた大人向けの歯列矯正が、とうとう完成したという。数日後、除夜の鐘を聴きながら、新年の抱負を考えていたとき、「そうだ、私も矯正しよう！」とひらめいた。

じつは私も妹も幼い頃に矯正している。でも、どうやらその歯科医がやぶだった。歯の並びは整ったものの、私は上あごが前に突き出て出っ歯となり、妹は逆に受け口気味になった。それなりに高額なお金を出してこの結果じゃあんまりだ。ネットの口コミがなかった時代を呪う。出っ歯は私の長らくのコンプレックスだった。それに加えて最近では少し顎を引いただけで二重顎になる。友人の結婚式で撮った写真がグループＬＩＮＥに大量投下されたとき、写る私の顎下がすべてだるだると垂れていて、泣きたくなった。

妹の矯正はなんだかんだ百万以上かかったらしい。そこが迷いどころだった。もう結婚もし、モテることも芸能人になることも目指していないのに、アラフォーの一般人が大金を出して歯列矯正をする意味とは？　妹によると、矯正の間は食べ物が食べにくいし、定期的に歯科に通わなければいけないし、歯の掃除も大変らしい。かわいい妹はさておき、私はそこまでして直すほどの価値がある顔だろうか。どうせ私の美醜なんて誰も気にしていないのだし。

いや、そうじゃない。

他の誰がどう思うかじゃない。私は私のことを気に入りたいんだ！　横顔の写った写真を見るたび、いやあな気持ちになりたくないんだ！　私が働いて稼いだ百万で、この長年のコンプレックスを解消できるなら、それは最高のお金の使い方じゃないか。

私はネットの口コミをくまなく読み漁り、正月明け早々、名医と名高い矯正歯科の門をくぐった。

先生はレントゲンを撮り、うなった。

「うーん、これは歯列矯正しないほうがいいね」

ワッツ!?

「あなたはもともと顎が小さい。そのため歯並びが悪くなってしまった。生まれつきか後天的なものかはわかりませんが、下あごがちょっと左にずれていて、本来だったら噛み合わせも悪いはず。それをご自身の噛み癖でどうにかカバーしてきたのでしょう。今、奇跡的に歪んだままで噛めている状態。これを矯正してしまったら、ものが食べられなくなります」

そ、そんな……。

「ただし、方法はあります。顎の歪みを直す手術をするのです。おそらくあなたの顎は顎変形症の診断が下りるでしょう。そうすれば、顎の手術も、それに付随する歯列矯正も保険適用になって、トータル三、四十万でできますよ」

え！　先生、その話もっと詳しく！

「手術は一度顎を外して、つけ直すので二週間は入院することになります。その前後で一〜二年、矯正します。ちなみに顎を引いたとき、二重顎になるのもこの変形のせいです」

顎を外して、つけ直す……なんと恐ろしい。でも、これって、「噛み合わせが悪い」という大義名分のもと、お安く美容整形できるってことでは――。

審美歯科や美容外科で出っ歯や二重顎をどうにかすることは、BNW創設者として抵抗があったのだ。でも、噛み合わせが悪いんだもんね、だったら仕方ないんじゃない？　そうだよ、これ、今さら美人になろうと思ってやってるんじゃなくて、噛み合わせをよくするためにやってるんだよ！

「まあ、ごくまれに手術の際に味覚を感知する神経を傷つけてしまって、味覚が全くなくなることがありますけど」

えっ……。

この先五十年、もし何を食べても味がしなかったら？

先生、美の代償が大きすぎます……！

帰宅後、ネットで調べたらおよそ五％の確率で味覚麻痺が起こると書かれてあった。たった五％、と思えなかった。五％も……と思った。

結局、手術は見送った。そのときに、私の出っ歯や二重顎は「直そうと思えば直せるんだけど、やむを得ず直してないもの」になった。

そうだ、だから私の自意識は大暴れしたんだ。わしは、わしは、ほんまはこんな顔やないんや！　もっと美しい顔のはずやったんや……！　だからなんにも特別なことはしてないですよ、というていで美しく写りたかったのだ。おお、なんと哀れな……。

結局、ヘアメイクは頼んだのか、頼まなかったのかはここでは明かさない。

ただひとつ言えるのは、この先、取材で自分の見栄えにあれこれ注文をつける人がいたとしたら、私はその人の肩にそっと手を置いて、こう言うってこと。「わかるよ」。

あの子のすごい私

「発注の仕方が、乱暴だと思うよ」

久しぶりに先輩に叱られて、でも心の中では毒づいてる自分がいる。

あたしはくそ忙しいの。誰かの気持ちなんか考えてる暇ない。定時で帰れる子持ちなんかに言われたくない。あいつ、チクる前にあたしに言えよ。

疲れた心には悪い言葉がいくらでも入ってくる。

後輩への仕事の振り方で叱られた。悪いのは余裕がない私だと、本当はわかっている。

布団をたたんで押し入れにしまおうとしたら、パキッと何かが割れる音がした。足の裏を見れば、カラカラに乾いたコンタクトレンズのかけら。ひどいよなぁ。寝る前に使い捨てコンタクトを外してそこらにポイッとしたらしい。時計を見るともう十時半で、あと二時間後にはまた会社に戻らなきゃいけない。洗濯物、できるかな。洗い物、できるかな。頭の中で組み立てる。こんなこと、誰かにやれと言われたわけでもない。ただ名前のない義務感にかられて、フランス人に鼻で笑われそうな休日出勤を繰り返してる。

小説家になろうとしてた。刺繡作家になろうとしてた。結婚や子育てもしたかった。でも、仕事がブルドーザーみたいに押し寄せてきて、全ての計画をめちゃくちゃにする。仕方ない。会社にしがみつくしかない。人生をかけるほど自分に才能があるか自信が持てない。

もそもそと着替えていたら、あの子から宅配便が届いた。

あの子は中学校の友だちで、十代のうちから自活して、子どもを産んで、今は旦那さんと一緒に小さな工場をやっている。缶コーヒーの段ボール箱に入ってるそれは、開けると、わさびの柿ピー、ハッピーターン、どんどん焼き、よっちゃんいか……。オカンかよって笑おうとしたのに、泣きそうになる。それからなぜか新品のかばんが二つ。漫画が五冊。事務用の茶封筒に入った手紙には、「こないだ家族旅行で岡山に行って、かばん屋さんに入ったとき、いらないかもしれないけど、あげたくなっちゃって」。

目に浮かぶ。どっちをあげようか迷って、迷って、どっちもあげたくて、結局二つとも買ってしまう、優しくておかしなあの子。それから最後のページには二行だけ。

――可愛げのない段ボールでごめんね。田舎からの荷物だとおもって、かんべんして。

だらだら涙が出た。

敵わなすぎるのだ。いろんなものになりたいと宣言しては放り出し、インスタグラムで毎日が充実しているふりをし、うまくいかなくなると仕事が忙しすぎるって病みツイート。そんな私と、缶コーヒーの段ボールの、かばんが二つの、柿ピーの、あの子の日々。

何かになりたいなんて思わずに、目の前の家族を養い、愛し、誰かを応援することばかりしているあの子。敵わなすぎる。遠すぎる。

帰省するたび、あの子は東京の話を聞きたがった。家庭の事情で高校を中退したあの子は「うちの分まで勉強してな。清はうちの夢やから」とよく言った。「ほんますごいわ、清は。うちの自慢の友だちやねん」と何度だって言ってくれた。

私はあの子の「清はすごい」を聞くと、いつもちゃんとしようって思う。甘ったれている自分を恥じ、手にしたものをちゃんと使って精一杯生きようって思う。あの子のすごい私でいたいって思う。

編集した雑誌が出ればすぐ買って、SNSが苦手なのに宣伝してくれ、刺繍をするようになれば、注文してくれ、小説教室に行ってるねん、と言えば「絶対清は小説家になれる」と言って、「うちの子に小説の話聞かせてあげて」と本が好きだというお子さんを喫茶店に連れて来る。モジモジと俯くお子さんのノートには私への質問が2Bの鉛筆でみっしりと書かれてあった。「うちが清の話ばっかりするから、うちの子ら、みんなめっちゃ清に憧れてるねん」

どうしてそんなに私のこと、信じてくれるの。

かばんありがとう、とLINEを送ると返信が来た。

「中学校のとき、居場所のなかったうちを救ってくれたこと、ずっと忘れてへんからね」

あの頃、学校に来られなかったあの子に汚い字で手紙を書いたのは、家に突撃したり、帰り道の送り合いっこをしたり、毎日交換ノートをしたのは、どんな気持ちでしたことかも覚えてない。ただ、友だちと過ごした日々というだけで、思い出すこともない。それくらい、当たり前に友だちだっただけだ。それをずっと覚えていて、それを力にしてくれて、こうやってその力を今、遠くから返してくれる。

私はなにを返せるだろう。敵わないのだ。敵わないけど、遠くからでもあの子はボールを投げてくれたから。お茶をいれよう。ひとまず、わさび味の柿ピーを食べよう。

そして、私は私の返せるボールを探しに行くのだ。


その後、私は結婚し、出産し、会社を辞めて、ライターになった。そのたびごとにあの子はお祝いしてくれた。

エッセイの刊行が正式決定したとKさんからメールが来たとき、一番先にあの子に電話をした。あの子の顔しか思い浮かばなかった。

「どしたん?」

中学のときから変わらない、ちょっと高めの優しい声であの子が聞く。

「あんな、私、本出すことになってん。エッセイ集」

「えーーーーーーーーーーーー！　やったーーーーーーーーーー！　絶対そうなると思ってた！　うち全然驚いてへん。だっていつか必ずこの日が来ると思ってた！」

あの子の声が潤んでた。

私が私を信じてこれたのはあなたがいたからだよ。あなたは私を最初からずっと「何者か」だと思ってくれた。

今、ようやくあなたのくれたボールを返す。できるだけ、高く、遠く、長く、きれいに飛ぶといい。

私も、この日が来るのをずっと待っていた。

あなたに応えられる日を待っていた。

「小説家になりたい人が、なった人に聞いてみた。」特別版

「小説家になりたい人が、エッセイストになった人に聞いてみた。」

【リード】

小説家志望のライター・清繭子が、歯噛みしながら突撃取材する。なぜこの人は小説家になれたのか（そして、なぜ私はなれないのか）を探求し、「小説を書く」とは、「小説家になる」とは、に迫る。今回は特別版「小説家になりたい人が、エッセイストになった人に聞いてみた。」。

連載「小説家になりたい人が、なった人に聞いてみた。」の「小説家になりたい人」として活動してきた清繭子さんが、結局なんの新人賞も獲らないままエッセイ集『夢みるかかとにご飯つぶ』で作家デビューした。小説家を目指していたのにエッセイストになっちゃっていいのか、これまでの「なりたい」「なりたい」ってアレはウソだったのか――その矛盾を、突く。（文：清繭子）

【あらすじ】

『夢みるかかとにご飯つぶ』

生まれてこのかた何者かになりたいと思ってきた清は、まず黒柳徹子を目指し、CHARAを目指し、実力派俳優を目指し、ようやく小説家を目指したと思ったら、ふつうに就職し、雑誌編集者になったと思ったら、保育士の資格を取り、映画学校に入って映画監督を目指し、同時に刺繍で詩集を作り、小説家になれないのは会社員だからと三十九歳にして脱サラし、フリーライターとなり、小説家にインタビューしながら文学賞に応募し、落選したり通過したりして挙げ句の果てになぜかエッセイストになる〈支離滅裂が人生さ〉エッセイ集。

【本文】

取材は清さんが夫と子どもと暮らす自宅で行われた。案内された執筆場所は子ども部屋の一角。積み木やレゴやIKEAの巨大なパンダのぬいぐるみ、子ども用ドラムセットを跨《また》いでようやく机にたどり着く。足元には「デスク下用薄型こたつ」があった。

「頭寒足熱で少しは頭が冴えるかと思って（笑）。子どもがまだ乳児だったときには、夜泣きにすぐ対応できるように寝室の隣のウォークインクローゼットにミニこたつを置いて書いてました」

出版社で編集の仕事をしていた清さんには、小説家になりたいという夢があった。二十代後半から応募を始め、わりと最初の方で「深大寺恋物語」審査員特別賞を受賞。

「それですっかり自分は小説家になれるもんだと思ってしまったんですよね」

ところが、並行して刺繍で詩を描いたり、映画監督を目指して映画学校に入ったり、あっちがダメならこっち、こっちがダメならそっちというようにちっとも腰を据えて一つのことに絞らない。当然の結果として文学賞は一次も通らない。その後、結婚、妊娠、出産、復職。

「気が付いたら、刺繍も映画も小説も、全部できなくなっていたんです。作ることはおろか、良い作品を摂取することさえも」

四十歳が目前に迫ったある日、いつまでも言い訳している自分に愛想が尽きて、ついに十七年勤めていた会社を辞めた。そしてライターになって一年経った頃、「小説家になりたい人が、なった人に聞いてみた。」という連載を始める。

「小説家志望の私が、悔しがりながら新人賞受賞者に突撃取材するというもの。自分が落選した賞の受賞者にインタビューすることも何度もありましたが、不思議と嫉妬はありませんでした。受賞作を読み、それを書いた人の話を聞くと、この人が賞を獲れたのは必然だなと納得するばかりで。取材すればするほど、私はこの人たちのように真摯に小説に向き合えていない、こんな中途半端な自分が受賞できるわけがないと感じてきて、このまま〈小説家になりたい人〉を自称していていいのかと、根本的なところから迷い出してしまいました」

会心の出来だと思っていた作品が文藝賞の一次も通らなかったことが決定打となり、デビューもしていないうちにスランプに。それでもなんとか気持ちを立て直し、林芙美子賞、R-18文学賞に応募し、それぞれ一次通過、二次通過と、成長のあとも見られたが、受賞には至らなかった。

そんなとき、連載のスピンオフとして、小説家になれない情けない日々を綴っていたnote「小説家になりたい人（自笑）日記」が編集者の目に留まり、エッセイ本出版の打診が来た。

「小説家を目指す上では先にエッセイでデビューするのはマイナスかもしれないけれど……と編集さんは恐る恐るの申し出って感じだったのですが、私はもう嬉しさしかなくて」

それは名前さえ世に出れば、小説家でなくてもよかったということ？

「いえ、これはエッセイを書きながら気づいたことなんですが、私じつは有名になることにはそこまで興味がなくて。私の欲って自己顕示欲じゃなくて承認欲求だったみたいなんです。私は自分の思いついたこと、作ったものを、よその人に認められたい。とすると、noteも間違いなく私の創作物。それが一冊の本となって本屋に並び、私の友だちではない人に手に取ってもらえるなら、それって私の夢が叶うってことじゃんって気づいたのです」

では、もう小説家にはならなくてもいい？

「今でもなりたいと思っています。連載でお会いした受賞者に『小説家になって文壇の仲間入りだ！』みたいな人は一人もいなかった。みなさん、『小説家になりたいというより、小説を書きたい』とおっしゃった。小説を書き続けるためのシステムとして、受賞を目指し、結果的に小説家の肩書きが付いてきたという人ばかりだったんですね。その話を聞くにつれ、私もそうだなあ、と。厳密にいうと〈小説家になりたい人〉じゃなくて、〈小説を書き続けるシステムを手に入れたい人〉だったんだなって。そのシステムが私の場合は、先にエッセイストとしてデビューすることなんだと思います。何より、まだ書きたい小説がこの頭の中にあるんです。そして書いたからにはやっぱり自分以外の人に読まれたい。これからは私なりの方法で、小説家を目指したいと思います。それと同時にエッセイストでもあり続けられるように、努力します」

でも、二兎を追う者は一兎をも得ずっていうじゃないですか。

「これは怖い気づきでもあるのですが、どうやら私の人生の目的は、『得る』ことではないようなのです。追いかけていること自体が目的。これからも思いつくまま小説を書き、エッセイを書き、もしかしたらまた刺繍で詩を描くのかもしれない。そして結果、何一つ極められないのかもしれない。文学史に私の名は残らないでしょう。でもたぶん、死ぬ直前に思うんです。あー、楽しかったなあって」

それは壮大な言い訳でしょうか、それとも本心でしょうか。

「わからないですね。人生の意味って結局、後付けでしかない。この先も私はたぶん、『これって全部ただの言い訳かな』『いや、これでいいんだ』という自問自答を繰り返すんだと思います。でも全部がウソってこともないはずだから、最終的には『あんたはそれでよかったんだよ』って言ってあげると思います。私、自分に甘いから（笑）」

そう言うと、おもむろに彼女は立ち上がり、無洗米を炊飯器にセットした。上着を羽織り、ぺらぺらの保護者カードを首に下げ、「じゃあ、そろそろお迎えの時間なんで……」と電動自転車で暮れなずむ町へ消えていった。

おわりに

人に死なれたことはありますか。

私はあります。その人が死んだ次の月に、会う約束をしていました。約束をしたとき、その人はちょっとためらった感じがしました。辺鄙《へんぴ》な場所へ行く用事だったので、「またタクシーに乗ろう」と私は軽く言いました。

その人が死んだあと、死んだ理由を考え続けました。今でも考え続けています。ぐるぐるめぐる思考の中で、あのとき軽く「タクシーに乗ろう」と私は言ったけど、その人は「タクシー代を払えない」と思ったかもしれない。もちろん、それが理由なわけはない。でもそういうひとつひとつが、その人の「助けて」を止めていたとしたら。

私の小説が「早稲田文学」に載ったとき、その人はハガキをくれました。心の震えをそのまま写し取ったような字で、感想が書いてありました。

「どうしてそんなふうに世界を描けるの」

そのときは、褒め言葉として受け取ったものが、その人が世界を閉じることを選んでから、わからなくなりました。その人の抱えていた孤独、見た地獄。それを知ろうともせず、いつも世界のいいところだけ見ていた私への糾弾の言葉に思えました。

　ほんとに私は知らなかったんだろうか。夢みる子どものふりをして、あの人の地獄から目を背けたのかもしれない。ただただ面倒だったから。

　知らせを受けたあと、私は縋るように子どもを抱きしめました。まだ赤ちゃんだったその子は、なぜ私が泣いているのかわからずに、ふしぎそうに抱かれていました。がらがらと崩れていく世界の中で、それでもやっぱり子のからだは温かく、柔らかく、優しい甘い匂いがして、どうしても私には世界が悪いものだと思えませんでした。

　しばらくして、その人の家に片付けに行きました。きれいさっぱり家じゅうの本が売り払われていた中で、私の小説が載った「早稲田文学」だけ、アルバムと一緒に残されていました。

「どうしてそんなふうに世界を描けるの」

　その人にずっと憧れていました。「私の名前の繭って〈心地よい場所〉って意味もあるんだって」と得意気に言ったら、その人は「自分の名前にそんな意味があったら、ゾッとする」と言ってニヤリと笑いました。痺れました。かっこよかった。決しておしまいにしていいような人ではなかった。

私はその人にのこされて、苦しくて悲しくて怒りさえ抱きました。自分を責め、周りのすべてを責め、その人も責めました。そのとき、そういう全部を、小説に書くと決めました。

私が考えて考えて考えて出した結論は、死んだその人のことは誰にもわからないということです。そして今更何を書いても、その人は取り返せないということです。だから私は、のこされた人に向けた小説を書きたい。生きる側になった人に届けたい。誰もが誰かにのこされた人だから。

死んだらそこでその人の人生は途絶えるけれど、生きている人はそのあとも考え続けます。あの人はあのとき、ああ言いたかったんじゃないか。あの人は本当は自分が幸せだということに気づいていたんじゃないか。あの人の人生は決して暗いだけではなかったはずだ。

そうやって物語を作ります。

見たい世界を作ること。

見せたかった世界を作ること。

所詮作り話だと、何の意味もないと、誰かは言うでしょう。でも、本当にそうかなって思います。一生懸命、作り話を考えていたら、うっかり真実にたどり着いてしまうことだって、きっとある。

ねえ、私とうとう作家デビューだよ。エッセイストになれたんだよ。

毒舌だったあの人は果たして褒めてくれるでしょうか。

「ふーん」

きっとあの人は、あの長い指で、つまんなそうにページをめくる。

「こーんなみみっちいこと、考えてんのね、藺子は」

そう言って鼻で嗤《わら》う。

でもきっと、私がいないところで全部のページを穴のあくほど読んでくれる。

お葬式で、あの人のお友だちに会いました。「あなたが藺子さんね」とお友だちは言いました。

「あなたのこと、よく自慢していたわよ」

私がまだライターですらない、くすぶり会社員だったときの話です。


いつも何者かになりたかった。

でも、ほんとはずっとわかってた。

今の私がもう認められていること。私たちは私たちを、わざわざ言葉に出すこともないほど当たり前に認め合っていること。だから安心して、夢を見られた。ここじゃないどこかを思うことができた。今までもずっと誰かが私のこと、楽しみに思っていてくれたから。

自転車を漕ぎ、子どもを保育園へ迎えに行き、一緒に歌いながら帰って、大急ぎで夕飯を作る。金曜ともなれば部屋は散らかり放題で、靴下には子の食べこぼしたご飯つぶがくっついている。また下の子が上の子のおもちゃを取って、案の定、反撃にあって大泣きしてる、と思ったらいつの間にか二人でくすくす笑い合っている。ぐつぐつ、ごちゃごちゃ、わーわー、きゃあきゃあ。ちっとも整わない五月蝿い生活、そのままで、

今日も私は夢を見ます。

本書は、noteでの連載
「小説家になりたい人（自笑）日記」の
記事を加筆修正し、
書き下ろしを加えたものです。

「そして、私は会社を辞めた」を書くにあたり、
藤井裕子さんのご家族にご承諾いただきました。
ありがとうございました。

常日頃、夢みがちな私を励まし、導き、
ともに楽しんでくださる皆さまに心から感謝申し上げます。

〈著者紹介〉

清 繭子

1982年生まれ、大阪府出身。早稲田大学政治経済学部卒。
出版社で雑誌、漫画、絵本等の編集に携わったのち、小説家を目指して、
フリーのエディター、ライターに。ブックサイト「好書好日」にて、
「小説家になりたい人が、なった人に聞いてみた。」を連載。
「第6回 深大寺恋物語」審査員特別賞受賞。

夢みるかかとにご飯つぶ

2024年7月20日　第1刷発行

著者／清 繭子

発行人／見城 徹

編集人／菊地朱雅子

発行所／株式会社 幻冬舎

〒151-0051 東京都渋谷区千駄ヶ谷4-9-7

電話：03（5411）6211（編集）

03（5411）6222（営業）

公式HP：https://www.gentosha.co.jp/

印刷・製本所／株式会社 光邦

検印廃止

ISBN978-4-344-04297-1 C0095

この本に関するご意見・ご感想は、
下記アンケートフォームからお寄せください。
https://www.gentosha.co.jp/e/